Rainar Nitzsche: Spinnentraumgespinste

Der Autor

Dr. Rainar Nitzsche, geboren 1955 in Berlin, Schulzeit im Saarland, wohnt mit seinen Vogelspinnen in Kaiserslautern, wo er Biologie studierte und seine Diplom- und Doktorarbeit über das Paarungsverhalten der bei uns heimischen Brautgeschenkspinne *Pisaura mirabilis* verfasste. Er schreibt seit 1975 Gedichte, Kurzprosa, fantastische Romane sowie Sachbücher über Spinnen und hielt Vorträge über Spinnen. Als »Spiderman« besuchte er mit Vogelspinne und Exuvien im Gepäck Grundschulen und Hauptschulen. Sein Unterricht begann stets mit der Frage aller Fragen: »Wer hat Angst vor Spinnen?« Und Erstaunliches geschah: Fast so viele Jungs wie Mädchen meldeten sich. Und wie erwartet war die Angst sehr unterschiedlich ausgeprägt, meist gar nicht so groß.

Zum Buch

Träumt ein Mensch von Spinnen, Grillen zirpen, Mücken fliegen durch die Nacht. Doch die Netze warten.

In einem Stechmückenkörper durch die Nacht zu fliegen - auf der Suche nach Menschenblut, was für ein Traum, dem jähes Erwachen folgt: Unsichtbares hält dich auf. Und dann kommt sie und wickelt dich ein. Doch auch Spinnen leben nicht ewig ... Wir hören von einem Brautgeschenk der besonderen Art, erfahren vom Spinnenabenteuer Manfred des Magiers, bekannt aus den PFAD-Romanen, und begegnen einer Spinnenhochkultur in ferner Zukunft, in der Menschen nur noch Legende sind: »Und welch Wunder, diese eine Menschenfrau war mit ihrer Webkunst ... Athene ebenbürtig, obwohl sie keine Spinndrüsen, sondern nur ein Gerät namens Webstuhl und die Finger ihrer beiden Hände zur Verfügung hatte ... Und so wurde sie zur Belohnung für ihr meisterliches Werk von der jungfräulichen, dem Kopf des seltsamerweise männlichen Obergottes Zeus entsprungenen Göttin ... in eine Spinne verwandelt. Und der Name dieser ersten Spinne lautet für alle Zeiten »Arachne«. Sie war die erste. Sie ist es, von der alle Spinnen auf allen Welten - Mütter und Frauen und Kinder und sogar Männer - abstammen. Und nach *ihr* wurde unsere Welt *Arachnia* genannt.«

Rainar Nitzsche

Spinnentraumgespinste

Spinnenträume, Spinnenbegegnungen und
Metamorphosen

Die Deutsche Nationalbibliothek verzeichnet diese Publikation in der Deutschen Nationalbibliografie; detaillierte bibliografische Daten sind im Internet über dnb.d-nb.de abrufbar.

Impressum
Rainar Nitzsche
Spinnentraumgespinste
Neu gesetzte, korrigierte und erweiterte Auflage als Taschenbuch und E-Book (1. und 2. Auflage als Paperback: 2007 / 2008 im Rainar Nitzsche Verlag).
Fotografie und Effekte: Dr. Rainar Nitzsche, Grafik S. 5: Berthold Mallmann.
Computersatz: Dr. Rainar Nitzsche.

© 2019 Herstellung und Verlag:
BoD – Books on Demand, Norderstedt
ISBN 9783749406562

Vorwort

Liebe Leserin, lieber Leser,

noch immer wissen wir nicht, wie unsere Mitmenschen die Welt wahrnehmen, mit ihren Sinnen erfassen und erfühlen, geschweige denn, wie es Tiere und Pflanzen tun. Immerhin gelang es jüngst zu zeigen, wie ein Mensch im Hauptauge einer Springspinne erscheint. Wie diese ihn aber mit ihrem Gehirn wahrnimmt, wo auch die Informationen aller anderen Sinne eingehen, wissen wir nach wie vor nicht. Eines Tages jedoch in nicht allzu ferner Zukunft werden wir mehr wissen - und doch niemals die letzten Geheimnisse ergründet haben, wie es heute immer wieder so schön in den Medien heißt.

Schon heute tragen viele von uns künstliche Teile in sich, sei es aus gesundheitlichen Gründen (z. B. künstliche Herzklappen, Metallschienen) oder aus Schönheitsidealen (Silikonimplantate). Irgendwann werden wir oder unsere Nachfahren andere Körper tragen, Körper wechseln können, ganz nach Belieben, so wie wir es heute mit unserer Kleidung tun. Und vielleicht wird der eine oder andere von vielen Milliarden zeitweise in den Körper einer Spinne schlüpfen wollen, um wie sie zu fühlen. Oder aber er wird sich einen spinnenartigen Körper anfertigen lassen. Und wer weiß, welchen arachnoiden Wesen wir im Kosmos begegnen und in welche Richtung sich unsere irdischen Spinnen in den nächsten Jahrmillionen entwickeln werden.

In dieser Neuauflage der Spinnentraumgespinste habe ich alle Texte leicht überarbeitet und die Namen für Unterkapitel ergänzt. Hierbei möchte ich noch auf einige absichtliche Abweichungen von der Dudenrechtschreibung hinweisen: »Mondin« steht für »Mond« und »Sonn« für »Sonne«. Manfred ist die Hauptperson in meinen PFAD-Romanen: Manfred der Magier. Ach ja, dieses herabwürdigende und verniedlichende »Männchen« und »Weibchen« verwende ich hier nicht bei Insekten und Spinnen. Also rede ich von Spinnenmännern und Spinnenfrauen. Und wie jeder Tierfreund weiß, essen Tiere, wohingegen manche Menschen eher fressen. Nun aber wünsche ich Ihnen eine angenehme Lektüre.

Ihr Dr. Rainar Nitzsche,
Kaiserslautern,
März 2008 und
Februar 2019

Und Gute Nacht!

Wie soll ich denn das genießen?, fragst du dich - und mich?

Nichts einfacher als das. Setz dir deine Vogelspinne auf die rechte Schulter.

Ja, dich kratzen ihre Krallen ein wenig durchs Hemd hindurch. Doch für sie ist es warm. Also bleibt sie sitzen.

Es sollte dunkel sein und Nacht. Dreh die Lampe zur Seite, so dass das Buch beleuchtet ist, das Licht aber nicht deine Spinnenfreundin trifft. Setz dich gemütlich in den Sessel, öffne das Buch und beginne zu lesen!

Und irgendwann, wenn du müde bist, füge ein Lesezeichen ein, lege dich in dein Bett, schlafe ein und ... träume von Spinnen und Menschen und ...

Allen Spinnen
und den »Spinnern« unter den Menschen
in dieser und allen anderen Welten
insbesondere Brigitte Hayen
der eifrigen Spinnendokusammlerin
die nicht mehr unter uns Lebenden weilt

Inhalt

Traum

Schlafe und träume ich?
Träumte ich, bin nun erwacht?
Schlafe ich noch immer
und träumte nur zu erwachen?

Und *wer* bin ich?
Und *wer* träumt mich?
Träumt auch *dich* - uns alle?

Du

Ja, *du*, lieber Leser, liebe Leserin, du glaubst, außerhalb zu stehen, ein Buch in den Händen zu halten, dann und wann darin zu blättern und auch zu lesen, alles von dort aus zu sehen, zu erleben?

Da aber irrst du dich gewaltig.

Denn du bist mittendrin, bist der Mann mit dem Glas roten Wein und der Mann mit dem Bier.

Denn du bist das zirpende Heimchen dort unter dem Metallrost in der Stadt.

Denn du bist die Mücke in der Nacht.

Denn du bist die Spinne im Netz, die voller Sehnsucht auf den Spinnenmann wartet.

Und doch ...

Komm, tritt ein und staune!

Die Mückenfrau

Alle Fliegen fliegen hoch

Fliegen fliegen - Bienen und Wespen, Wanzen und Käfer, Tagfalter und Schwärmer - sie alle fliegen.

Vögel fliegen.

Flughunde und Fledermäuse flattern durch Tag und Nacht.

Doch Menschen fliegen noch immer nicht aus eigener Kraft, laufen noch immer flügellos dort unten auf zwei Beinen über Wege und Straßen, die sie sich durch die »Wildnis« bahnten. Gräser und Sträucher und Bäume mähten sie nieder, Steine schlugen sie sich aus Felsen, drückten sie in die Erde und gossen Bitumen und Beton für ihre rollenden Räder darüber. Flugmaschinen erfanden sie sich, die Lärm erzeugen, die Luft verpesten und gemeinsam mit ihren Schiffen, Autos und ihrer Industrie das Globale Klima verändern.

Stimmt ja, auch Fallschirme und Gleitschirme haben die Menschen nun, die aber segeln aus Flugzeugen, von Felsklippen und Wolkenkratzern hinab. Wie jämmerlich und wie ausgesetzt dem Wind sie doch sind: ihre gondelbehangenen Ballons und gasgefüllten Zeppeline. Ach, Menschen von gestern und Menschen von heute ...

Was denke ich da nur für Menschendinge!

Bin ich denn ein *Mensch*?

Ich bin ich!

Zwei Flügel auf meinem Rücken tragen mich summend durch die Weite. Grenzenlos ist der Raum, die Freiheit in dieser Nacht der Nächte. Zu Riesen wurden Bäume, Büsche und die Menschen dort unten! Ach, auch ihre Autos und Häuser sind ja so groß.

Und das bedeutet?

Wenn nicht alles plötzlich gewachsen ist, dann bin *ich* es, die schrumpfte.

Ja, so muss es gewesen sein.

Wie aber konnte es geschehen?

Schlüpfte nur mein Geist, meine Seele in diesen kleinen Körper, der sich hungrig so sehr nach Wirbeltierblut sehnt?

Warm ist diese Sommernacht. Jetzt und für immer - in alle Ewigkeit.

So fliege ich nun auf der Suche nach meinem Opfer dahin, nach dem einen von so vielen möglichen, dem Opfer, das so gut riecht und schlafen mag oder aber vertieft in andere Dinge – die Klänge der Welt - meinen Stich nicht spüren wird.

Und wenn ich es finde …

»So steht es geschrieben«, flüstert eine Stimme in mir. »So soll es sein.«

Den Sinn der Worte, die die Stimme spricht, verstehe ich nicht. Ich muss es auch nicht, denn ich weiß, dass ich Menschenblut trinken werde. Und Blut brauche ich für die Reifung meiner Eier. Als Schiffchen zusammengeklebt werde ich sie aufs Wasser legen. Dann werden meine Kinder schlüpfen, im Wasser leben und zugleich die Luft an der Oberfläche atmen. Zwischen zwei Welten werden sie als Larven schwimmen, filternd sich ernähren, sich häuten und wachsen. Schließlich werden an der Oberfläche aus den Puppen die erwachsenen Mücken schlüpfen, Frauen wie ich und Männer wie dieser eine von so vielen, den ich gerade hier oben traf. Ich werde Kinder haben. Denn seine fein gefiederten Antennen hörten und orteten mich. Er flog mich an, welch starker Mann, wir paarten uns sekundenlang im Flug. Er gab mir sein Paket, das löste sich auf. Nun trage ich sein Sperma in mir.

Während ich weiter durch die Nacht fliege, die dunkel ist, doch niemals schwarz, sehe ich Bilder von Verwandten. Schnaken sehe ich tagsüber Hinterleib an Hinterleib minutenlang kopulieren und wundere mich darüber. Was in aller Welt machen denn deren Männer nur so anders als die unsrigen? Warum ist bei uns der Sex Sekundensache, bei ihnen aber nicht?

Noch sind meine Eier nicht reif. Ihnen fehlt das eine, und das ist Blut. Von welchem Wirbeltier es sei, ist einerlei. Doch ein Mensch wird es sein. Ich weiß es. Viele gibt's hier. Zu Menschen zieht es mich.

Weil auch ich einmal einer von ihnen war und meinesgleichen zerquetschte?

Wurde er etwa als Mücke wiedergeboren? Dann ist er nun ich. Und ich verstehe nicht, womit er diesen Aufstieg, diese Belohnung bei all seinen Schandtaten unserer Art gegenüber verdient haben soll. Doch wie es auch gewesen sein mag und wer auch immer ich vorher war, jetzt jedenfalls gehöre ich zu den Herrscherinnen der Welt.

»Arthropoden«, flüstert die Stimme ein Menschenwort.

Ja, wir sind die Gepanzerten, Gegliederten, denen alle anderen untertan sind.

Neu sehe ich jetzt die Welt, wie sie schwingt und singt, so wunderbar nahm ich sie damals niemals wahr, als ich noch eine Menschenfrau war, ja, solch eine muss ich gewesen sein.

Menschen wissen nichts von diesen Dingen.

Mücken wissen nichts von Menschensinnen.

So ist es, so sollte es sein, in meinem Fall jedoch...

Das ist doch mal was, wie auch immer es geschah, jetzt und hier in mir leben Menschengeist und Mückenverstand *zusammen* in *einem, meinem* Mückenkörper.

Oder gibt es irgendwo da draußen fern in einem Zimmer gar einen alten Menschen, der dort ruht und schläft und träumend lächelt, während in meinem kleinen Körper all diese Gedanken und Gefühle brausen? Liegt dort fern ein Mensch - wartet gar sehnsüchtig auf die Rückkehr seiner ausgesandten Seele, die in mir weilt?

Welch fantastischer Körper- und Geschlechtertausch vom unbeholfenen zweibeinigen Affen zum sechsbeinigen zweiflügeligen Insekt! Und sollte es gar noch ein Menschen*mann* gewesen sein ... Nein, dieser Aufstieg in der Hierarchie, in Geist und Gefühl, vom Mann zur Frau, das wäre einfach zu viel.

Vom Menschen zur Mücke, das ist Evolution der besonderen Art im Zeitraffertempo. So macht das Leben Spaß.

Irgendwann einmal mag das auch all den anderen Menschen möglich sein, wenn alles denn so bei mir geschah.

Erinnerungen verblassen.

Jetzt ist jetzt, die Gegenwart hat mich wieder.

Und gleich dahinter, *noch* Zukunft, aber nicht mehr verborgen, liegt das *eine* Ziel, das nur *einen* Namen trägt, der da lautet »Blut«.

So fliege ich weiter durch die Nacht. Wie regelmäßig meine beiden Flügel auf dem Rücken doch schlagen. Und unten auf beiden Seiten schwingen die Kölbchen, rotieren die Halteren, die vor Jahrmillionen auch einmal Flügel waren - daran erinnert sich bewusst wahrlich nur ein Menschengeist, wenn er es denn irgendwann mal irgendwo lernte -, sie melden mir jeden Richtungswechsel, stabilisieren mich und lassen mich wendig sein, wenn auch zugegeben nicht so irre schnell wie meine Fliegenverwandten.

Schneller steige ich auf und sehe die Welt so scharf wie zuvor.

»Denn deine Facettenaugen, dein Gehirn, dein Geist lösen die Bilder sechsmal besser als Menschenaugen auf«, erzählt mir die Stimme.

Ich fliege noch immer unbeschwert durch diese warme Sommernacht, diese Nacht der Nächte. Könnte ich weinen, ich weinte vor Glück und Trauer zugleich.

Kein Mensch weiß, wie es ist. Kein Mensch kennt dieses Gefühl.

Wenige Menschen nur blicken auf, schauen mir und meinesgleichen zu und träumen vielleicht vom Fliegen.

Die anderen schreien und schlagen und sprühen uns tot.

Der Flug ist zu Ende, denn ich habe mein Opfer gefunden. Diesen Atem und lockenden Schweiß riecht man ja meilenweit.

Ich lande, ertaste die beste Stelle, senke meine langen Mundwerkzeuge hinab, bohre sie durch die Haut, steche das Blutgefäß an, sauge den roten Strom auf, bis mein Hinterleib - wie weit er sich doch dehnen kann! - am Platzen ist.

»Du Vampir«, flüstert die Stimme in mir.

Gottlob nein, keine Fledermaus und kein Riese von Menschenmann kommen da an. Ich verstehe, stand wohl eben auf dem Schlauch, obwohl da alles bestens durch den Rüssel fließt, *ich* bin ja jetzt und hier der Vampir.

So sauge ich das Menschenblut, ja am Hals eines Menschenmannes, der - gepriesen sei ALLAH / GOTT / JAHWE - einfach nicht zu merken scheint, was da an seinem nackten Hals geschieht.

Wen wundert's, denn dieser Menschenmann hat Kopfhörer an. Kabel führen hinab zum Handy in seiner Hosentasche. So konnte er nicht das Summen der nahenden Mücke vernehmen und keinen Stich spüren, so weggetreten wie er war und noch immer ist, mit seinem Glas Rotwein vor sich und dem Wein in sich hier draußen im Biergarten seiner Kneipe in der Stadt mit Namen Kaiserslautern.

Doch aufgepasst, jetzt tut sich was.

Er zieht die Stöpsel aus dem Ohr.

Sind ihm etwa die Songs ausgegangen?

Träumte er gar von stechenden Mücken?

Hört er nun die Mücken fliegen?

Spürte er doch ihren Stich an seinem nackten Hals?

Da kommt ein Schatten in Zeitlupengeschwindigkeit auf mich zu.

Lächerlich. Das schockt doch keine Mücke. Dem weiche ich mit Leichtigkeit aus, steige auf und fliege davon, nicht sonderlich schnell, doch flink genug.

Ewigkeiten dauert es, bis es dort in der Ferne hinter mir gewaltig donnert.

»Haha, zu langsam«, kichert mein Menschenmückenego irgendwo in mir, flüstert etwas von einer auf den eigenen Hals aufprallenden Hand und fügt noch hinzu: »Erst verlor er sein Blut, jetzt hat er sich auch noch selbst geschlagen. Was für Idioten Menschenmänner doch sind! «

Mein Mückenfrauenlachen aber ist ein feines Summen in Menschenohren. So singt in mir das Leben voller Glück. Jetzt habe ich alles, damit meine Eier in mir reifen können. Wie wunderbar ein Mückenleben doch ist!

Weiter fliege ich summend durch die warme Nacht.

Es wird dunkel, sagen dir deine Augen. Viel mehr könnten sie dir auch nicht zeigen.

So beginnst du aus deinem Tagesschlaf zu erwachen.

Nacht, die *Nacht*!

Du fühlst hinaus: Da ist ein leichter Luftzug an deinen Beinen. Du hörst dich um. Du lauschst den Liedern, die dich rufen.

Dann verlässt du dein Versteck aus Blättern und Seide. Denn du hast Hunger!

Die Erde dröhnt, die Luft vibriert.

Ameisen rasen dort unten auf ihren duftenden Straßen hin und her und her und hin.

Dich aber beachten sie nicht.

Seltsam, müssten *sie* mich nicht attackieren, müsste *ich* nicht vor ihnen fliehen?

Irgendwas hat sich hier und jetzt verändert, irgendetwas, denkst du.

Bin ich denn noch immer eine Spinne?

Ja, und ob, ich bin's.

Also baue ich meine Falle auf. Und das geht so: Ein en Faden ziehe ich zunächst als Brücke, bilde dann ein Dreieck, und schließlich ziehe ich die Spiralfäden - von innen nach außen und schließlich die klebrige Fangspirale von außen nach innen. Geht alles wie von selbst, wenn auch so viel ertastet, gemessen, korrigiert und angepasst werden muss. Denn kein Radnetz ist wie das andere.

Jetzt heißt's nur noch auf Beute warten.

Oh, ich weiß, sie wird kommen.

Und tut sie es nicht, so werde ich eben mein Netz essen und mich mit dem zufrieden geben müssen, was daran hängen blieb. Ich werde hungern und es wieder versuchen, wenn nicht hier, dann an einem anderen Ort.

»So wird es sein«, flüstert mir irgendwer ein.

Was ist das? Etwas hält mich auf. Irgendwo bin ich aufgeprallt. Etwas fing mich im Flug, gibt jetzt nach, folgt meiner Bewegung noch ein wenig, reißt mich zurück, wieder vor, wieder zurück, vor und zurück.

Ich fiel nicht, ich falle nicht hinab, sondern hänge einfach so in der Luft, klebe an irgendetwas, höre / schaue / rieche mich mit allen Sinnen um.

Und jetzt in der Not öffnen sich die Tore wieder. Menschenverstand erwacht. Erinnere mich an eine ferne Zeit, als ich als Biologe noch viel von Tieren zu wissen glaubte. Ja, über Fliegen und Mücken hatte ich so einiges erlernt und auch erlebt. Das scheint noch immer irgendwo abgespeichert zu sein. Wie seltsam. Vielleicht gibt es ja doch irgendwo einen Menschenkörper, der noch immer mit mir verbunden ist.

Versuche mich zu befreien - verwickle mich immer mehr. Bin jetzt völlig festgeklebt, zapple nicht mehr, schreckerstarrt.

Jetzt weiß ich, wo ich bin.

Einmal nicht aufgepasst und schon hat's Frau erwischt.

Und aus ist's mit all meinen Zukunfsträumen von Töchtern und auch Söhnen generationenweit jenseits der Zeit, in der es Menschen gibt.

Es gibt keine Hoffnung mehr.

Ein Zirpen in der Sommernacht

Da sitze ich nun also hier im efeugeschmückten Innenhof dieser einen Kneipe von so vielen inmitten dieser kleinen, großen Stadt mit Namen Kaiserslautern. Vor mir steht ein Glas gefüllt mit rotem Wein. An meinem Tisch bin ich allein.

Nacht ist's geworden, doch sommerwarm noch immer. Irgendwo, für Menschenohren schwer zu orten, zirpen Heimchenmänner, locken Heimchenfrauen an, die nicht jeden erhören, sondern nur die besten unter den Sängern ihrer Art. Diese Jungs zirpen ihre Konkurrenten nieder, verdrängen sie von den Plätzen, von denen aus Frau sie am besten vernimmt. Und wo es warm ist, singt es sich am lautesten. Der am schönsten singt, der Fitteste gewinnt und pflanzt sich fort, so lautet die Theorie der Menschenbiologen. So wird es wohl sein, nun ja, nicht immer, aber immer öfter.

Beschwingt vom Wein singt auch meine Seele. Und hängt der Körper doch krumm im Stuhl, so will sie raus, mit allem verwachsen, eins werden, eins sein mit allen Wesen und Dingen.

Heimchen hier und am Herd, dieser und anderer Art, Grillen und zirpende Heupferde andernorts. Heuschrecken überall, denke ich und - finde mich auch schon inmitten einer Wiese wieder. Träume ich oder bin ich wirklich hier?

Grün ist das Gras, grün sind die Blätter der Kräuter. Weiße, gelbe und rosa Blüten überall. Darin suchen meine Hände, geben schließlich das Tasten auf, weil meine Augen längst fündig wurden. Denn dort ist Seide um Kräuter gelegt. Ich gehe hin, bücke mich und schaue sie an.

Ja, da sitzt sie, so groß und dicht vor mir. *Sie* ist es, »meine« Brautgeschenkspinne, die den wissenschaftlichen Namen *Pisaura mirabilis* trägt, der andere Biologen andere deutsche Namen gaben und deren wahren Spinnennamen, wenn sie denn einen hat, kein Mensch kennt. 2002 wurde sie sogar von Spinnenforschern unter dem deutschen Namen Listspinne zur »Spinne des Jahres« erkoren.

Noch lebt sie häufig in unseren Wiesen. Die Jungen bauen kleine Gespinste mit einem Unterschlupf. Die Männer fangen nicht nur Beutetiere zur eigenen Ernährung, sondern stellen aus ihnen durch Umspinnen Brautgeschenke her. Die Spinnenfrauen dieser Art und ihrer Verwandten tragen ihre Kokons - das sind die dicht umsponnenen Eier - mit sich, sonnen sie bisweilen, sitzen aber ansonsten versteckt in einer durch Zusammenspinnen von Grashalmen erzeugten unten offenen Glocke.

Ja, diese hier ist kein Jungtier und kein Mann, sondern eine *Pisaura*-Frau mit dem schon stark aufgeweiteten Kokon in den Chelizeren, dem ersten Gliedmaßenpaar mit den Giftklauen am Ende.

So sollte es sein.

So ist es.

Und doch, was ist denn das?

Welch Wunder! Zugleich hält sie mit ihnen schwarze Beutereste fest.

Eine Sensation, denke ich begeistert.

Zitternd öffne ich das Fangglas - ziehe den Plastikdeckel ab und dirigiere sie vorsichtig hinein. Doch die Beutereste gehen dabei verloren. Wie ärgerlich, jetzt habe ich keinen Beweis für meine Entdeckung, denke ich noch und - wache auf.

Ich schaue mich um - hier im Innenhof dieses *einen* Restaurants. Also war alles nur ein Traum. Wie sollte ich auch so mir nichts dir nichts in einer Wiese landen und ausgerechnet auch noch *die* Spinne entdecken, über die ich meine Diplom- und Doktorarbeit schrieb. Hier ringsrum gibt es nur Pflanzen in Blumenkästen, Steine über Steine, abgestellte Autos und viele Menschen. Also auch auf meinem Tisch kann keine Brautgeschenkspinne aufgetaucht sein, die zwar ein Kulturfolger ist und jetzt im Sommer auch ihren Kokon behütet, doch im hohen Gras von »Ödland« und Wiesen und nicht in Kneipenecken.

Einst fing ich junge Exemplare auf Wiesen ein und hielt sie an der Uni und fütterte sie mit Fliegen verschiedener Art, die Jungen mit Fruchtfliegen, die großen Stadien und die Erwachsenen mit Gold- und Schmeißfliegen. Ja, auch Grillen hätte ich nehmen können. Heuschrecken kommen in der Krautschicht von Wiesen vor und werden von ihnen gefangen. So war das. Daran erinnere ich mich.

Durst.

Ich hebe das Glas und trinke es leer, bestelle ein weiteres Viertel vom Dornfelder aus der P(f)alz.

»Danke«, sage ich zu der jungen Kellnerin mit dem kurzärmeligen, dicht anliegenden Deutschland-T-Shirt, dem freiliegenden, gepiercten Bauchnabel und den blauen Jeans. Warum nicht, es ist ja warm und Sommer - Fußball-WM in Deutschland. Wir schreiben das Jahr 2006 A.D. mit vielen deutschen Fahnen und dem Deutschlandmotto »Die Welt zu Gast bei Freunden«.

Sicherlich eine Schülerin oder eine Studentin, die sich hier etwas dazu verdient, denke ich noch, schaue ihr hinterher und blicke zugleich zurück: Ach ja, die Liebe, die einmal war, wie lang ist's her, seit mich Frauenlippen küssten? Das Strahlen deiner Augen, Isabelle, so nah, zur Schulzeit einst. Dann die ersten Küsse, ein Streicheln über Brüste und schließlich das Erste Mal und weiteren Sex mit einer *einzigen* Frau – Brigitte. Danach seit über zwei Jahrzehnten passierte gar nichts mehr.

Träumend versunken in alten Jugendzeiten, die niemals wiederkehren - weine ich? - schließe ich meine Augen.

Ich öffne meine Augen und sehe *sie* so nah vor mir.

Nein, nein, weder eine noch alle Frauen in meinem Leben. Doch weiblich sind sie im Deutschen auch. Man(n) steckt was rein, es kommt wieder raus, es bleibt nicht drin. Lange Rede, kurzer Sinn. Es sind die Boxen, um die es hier geht.

Ich stehe außen und schaue hinein. Ich stehe vor den Regalen. Rings um die kleine Box aus durchsichtigem Plastik mit einer aufgedruckten hellbraunen Grille, die mich aus ihrem goldigen Gesicht mit menschlichen Kulleraugen und einem breiten Mund mit heraushängender Zunge auf ihre rechte Hand gestützt anlächelt, sind zahlreiche weitere Boxen aufeinandergestapelt. Ach ja, rechts oben auf jeder Grillenbox gibt es noch einen schwarz-weiß-gestreiften Scancode mit Ziffern darunter, und unter der Grillenzeichnung finden sich die Worte: »Heimchen groß (*Acheta domesticus*)«. Zwei gegenüberliegende Seitenwände der Box sind mit Reihen winziger Löcher zum Luftaustausch versehen.

Dies also ist die Welt, in der sie leben, die Welt, die vertrocknet.

Schaue hinaus, meine Fühler tasten auf und ab, laufe und springe - nicht. Bin durstig, habe seit Tagen keinen Tropfen getrunken. Doch da sind weder Pfütze noch Bach noch Tau am Morgen und in der Nacht.

Große Augen sehen mich an.

Und ich weiß, wem sie gehören. Wie seltsam es doch ist, dass ich das andere dort draußen ein wenig kenne.

Niemals wird es verstehen, fühlen, was ich fühle, es sei denn, es wäre wie ich, es wäre ich selbst.

»Nicht *es*, *er* ist ein großer Menschenmann«, flüstert mir eine Stimme in meiner Sprache zu.

Ich weiß, wer *ich* bin: eine kleine Hausgrille. Viele von meiner Art leben hier in dieser und den anderen kleinen Welten. Schwarze Verwandte (Feldgrillen) singen neben uns ihre eigenen, uns so fremd klingenden Lieder.

Laufen und essen und suchen ist angesagt.

Kein Wasser - nirgendwo.

So viele von uns sind tot, die niemals mehr singen noch laufen noch springen.

Ich aber lebe noch.

»Die letzte Grille in der Box«, spricht die Stimme.

Habe ich alles kommen sehen?

Weiß nicht mehr, wie es war, ertastete, wie es geschah.

Ich habe überlebt, weil ich die Säfte meiner Geschwister trank. Ich bin stark. Ich werde ewig sein.

Viel weiß die kleine Grille von ihrer Welt. Nichts weiß sie davon, weshalb sie andere Menschen aufzogen und verpackten, was eine Zoohandlung ist, in die sie sie schickten, wo sie nun langsam verdurstet. Woher sollte sie diese Dinge auch wissen, denn der Menschengeist, der sich für kurze Zeit in sie verirrte, hat sie ja längst wieder verlassen. Oder etwa nicht?

Und während ich hier auf mein Ende warte, schließe ich meine Augen – nicht. Oh je, welch blödsinnige Idee, womit denn, sie sind doch immer offen. Ich halluziniere wohl schon.

Dann ist wieder alles klar. Erinnerungen steigen auf: Bilder, Laute, Düfte, Vibrationen von den anderen, unseren Nachbarn, die schon vor langer Zeit von hier verschwanden. Ich sollte mich wundern, woher ich all dies weiß. Denn sie wurden ja fortgenommen, und wir blieben hier. Also kann ich mich gar nicht an ihr Schicksal erinnern, nicht wissen, was ich doch weiß und nun in mir wahrnehme:

Sie hatten es besser, denn einer von diesen großen, so seltsam ungrillich Riechenden nahm sie mit sich fort - mitsamt ihrer Welt, in der sie lebten, balzten, sich liebten und aßen. Und ich sehe in mir, wie sie jetzt ein Schälchen mit Wasser und feuchter Watte in ihr Heim bekommen. Durstig stürzen sie sich alle darauf. Sie ahnen nichts. Sie wittern nichts.

Ach, was gäbe ich jetzt für einen Tropfen.

Oh nein, jetzt weiß ich, weshalb er sie mit sich nahm. Da kommt etwas auf sie zu, das nur auf einer Seite offen ist. Erst eins, dann noch eins, dann ein drittes und viertes. In diese Dinger - »Gläschen mit Schnappdeckelverschlüssen aus Kunststoff«, murmelt diese fremde Stimme - jagt der Große meine Schwestern und Brüder, schließt sie zu, nimmt sie mit sich und schüttelt sie andernorts heraus. Ach, keinesfalls behutsam, sie fallen durch die Luft und prallen auf.

Jetzt ertasten sie mit ihren langen Fühlern die neue Welt, riechen, hören, schauen - fühlen sich um. *Noch* bewegen sie sich nicht. Sicher ist sicher. Erst mal feststellen, wo man ist und ob da noch jemand anderes ist.

Irgendwann aber bewegen sie sich doch. Sie laufen ein Stück. Die Wege, die die einzelnen zurücklegen, und die Zeit, die ihnen noch bleibt, unterscheiden sich. Doch eins bleibt gleich. Alle werden sie gepackt, eine nach der anderen, dort oben, dort unten und dort in der Mitte.

Ein wenig zappeln sie noch. Doch schnell wirkt das lähmende Gift der Spinnen, die sie nun zerkauen.

Ich habe alles wahrgenommen. Jetzt weiß ich Bescheid. Ach, wüsste ich es doch nicht. Selig sind die Unwissenden, denn sie kennen nicht das Leid der Welt.

Das gibt mir den Rest. Ich dachte, wenigstens *sie* hätten es geschafft, hätten die Hölle hier hinter sich gelassen, hätten es einfach besser, würden noch leben, sich paaren und Eier legen und wären sie schon tot, immerhin in ihren Kindern fortbestehen.

Doch nun rafft mich mein Durst dahin. Dieses Leben hat keinen Sinn. So strecke ich meine Beine aus und...

Öffne meine Augen - wie kann das sein?

Ach ja, ich bin ein Mensch, was sonst?, und sitze bei meinem Glas roten Wein im Innenhof der Kneipe.

Menschen debattieren uff Pälzisch* über die WM - Deutschland wird Weltmeister, auch wenn »uff'm Betze«** alles schon abgebaut ist. Da findet nichts mehr statt. Auch scheint für eine Zeitlang der jüngst erfolgte wiederholte Abstieg des 1. FCK aus der 1. Bundesliga in die 2. vergessen zu sein.

So war es. So ist es. Ehe man sich versieht, ist schon alles wieder vorbei.

Geschah das nicht alles einst einmal Anfang Juli 2006?

Wie es aussieht, angefangen bei meinen Augen und der Sicht der Dinge, bei all der Menschenumgebung und den großen, kleinen Menschensorgen bin ich wohl doch ein Menschenmann und kein Grillerich. Dann also ist das hier, die Stadt mit der Kneipe und dem Rotwein, die Realität, in der ich lebe, und alles andere waren nur Träume von zirpenden Grillen in den Wohnungen und Häusern der Menschen. Menschenträume. Grillenträume. Stadtträume.

Waren da nicht auch noch Wiesenträume?

Einst einmal geschah es auf einer Lichtung im Wald. Jahrzehnte liegt das nun schon zurück. Ich war dort draußen auf der Jagd - ganz ohne Gewehr. Damals durchstreifte ich mit meiner Kamera die Wiesen. Auf Fotosafari sammelte ich Bilder von Insekten, Spinnen, Schnecken und anderem kleinen Krabbelgetier.

*: auf Pfälzisch **: auf dem Betzenberg, gemeint ist das Fußballstadion in Kaiserslautern

Zu dieser Zeit auf dieser einen Lichtung im Wald aber entstand kein Foto. Doch das, was ich sah, blieb bis heute in mir am Leben.

Am frühen Nachmittag eines warmen Sommertages war ich einem schwarzen Schotterweg gefolgt und erstarrte. Denn dort stand es.

Und das Reh blickte auf und sah mich aus seinen großen braunen Augen an. Es bewegte sich nicht, sondern betrachtete mich eine kurze Zeit – eine Ewigkeit. Dann verschwand es langsam im Gebüsch.

Mehr als dreißig Jahre sind nun seit diesem einen Augenblick vergangen. Jetzt im Alter bricht dieses eine Bild wieder hervor:

Ich schaue das Reh.

Das Reh sieht mich. Oder sieht es mich nicht?

Wittert es mich oder doch nicht?

Sehen wir uns wirklich an? Schauen wir uns - wie tief? – in die Augen?

Das aber war doch kein Traum, sondern Erinnern.

Es blickte auf - ich blicke auf, trinke wieder einen Schluck vom gegärten roten Rebensaft und wische mir die Tränen ab. Wie wunderbar traurig das Leben sein kann! Einen Augenblick lang brandete ein winziges Etwas von all der Freude und all dem Leid aller Wesen aller Zeiten auf allen Welten in mir hoch. Und die Welle schlug über mich. Und ich war die Welle, salziges Wasser, Meer.

Ich lecke meine Zeigefinger ab – Tränensalz.

Mein Geist ist offen. Meine Seele singt: Und spürte ich allen Schmerz und alle Lust und alle Langeweile, fühlte ich alles zugleich, so wäre ich GOTT. Doch als Mensch wäre ich unter dieser Last im Bruchteil einer Nanosekunde zerbrochen, es sei denn, ich wäre erleuchtet-erlöst als Buddha über all die kleinen Menschendinge hinausgegangen. Dann wäre da nur ein Lächeln.

Das aber bin ich nicht – *noch* nicht?

Muss wohl eingenickt sein. Ruckartig richte ich mich wieder auf und schaue mich um.

Nichts scheint mir verändert. Sitze noch immer hier im Innenhof der Kneipe vor meinem Glas mit rotem Wein.

Also ist alles gut.

Wenn es aber so ist, warum träume ich dann immer wieder von Grillen und Spinnen? Und warum sehe ich sie dahinvegetieren und sterben? Was hat all das zu bedeuten?

Bedeutet es was?

»Olaf«, flüstert da eine Stimme - in mir. »Schau, das tut sich ringsum, das tat sich bei dir, das hast du getan. Und war es noch nicht, so wird es geschehen. Du bist ein Mensch. Und Menschen spielen »Gott« für ihre Kinder. Menschen werden geboren. Sie leben, also ... Und alles wiederholt sich, hier und da, immer und immer wieder auf ähnliche Weise, doch niemals genau so, wie es einmal geschah. Das ist Vielfalt, das ist Leben.«

Es war ein schönes Leben. Jeder Tag war sonnig. Pünktlich um die gleiche Zeit blitzte es oben hell auf und leuchtete und wärmte uns alle. Pünktlich schoss ein schwarzer Blitz Dunkelheit von unten empor. Wir hatten Nahrung im Überfluss. Wir saßen förmlich im Futter und aßen. So sangen die Männer Tag und Nacht. Wir aßen und tranken und liebten uns.

Nun ja, es gab da auch ein paar Probleme: *Sie* wollte einfach nicht. Man musste schon viel singen, um sie anzulocken. Und dann waren da noch diesen anderen Typen, die natürlich auch nur das Eine wollten. Männerprobleme, hier wie überall. Doch auch die Frauen hatten, abgesehen von der Qual der Wahl, welchen Typen sie nehmen sollten, ein viel gravierenderes Problem: Wohin sollten sie nur ihre Eier ablegen? Erde oder allzu viele Ecken, in die sie ihren Legebohrer hineindrücken konnten, gab es hier einfach nicht.

Probleme gab's also, und doch denke ich, dass wir alles in allem glücklich und zufrieden waren, als wir noch leb...

Ja, es gab Tote bisweilen: die Alten unter uns starben. So ist es nun einmal. Das ist der Lauf der Welt. Platz muss für die Jugend sein.

Die Alten verschwanden. Wir aßen sie einfach auf.

Halt! Noch etwas geschah bisweilen. Etwas Großes kam von oben herab.

Wir flohen und versteckten uns und merkten nicht, dass wir jedes Mal nach der großen Schwärze, dem suchenden Schatten, all der Panik und dem Stress unter dem Licht weniger geworden waren.

Ich bin dort unten drin.

Ich bin in dir.

Ich bin du und bin es doch nicht.

Ich schaue von innen und außen, was geschieht, bin zwei von drei.

Du - und das bin jetzt auch ich - tastest voran, vorsichtig. Denn dies ist eine neue Welt, eine fremde Welt, die voller Gefahren sein mag, in die dich irgendwer oder -was warf.

Nasse Erde vor dir nimmst du wahr und zugleich den Luftraum über dir. Deine Facettenaugen sehen das Licht.

Langsam bewegst du dich der Wärme entgegen.

Niemals könntest du begreifen, dass dieses Licht einer Taschenlampe eines Menschen entspringt, dessen Augen dich hinter einer Scheibe aus Glas beobachten. Ein Mensch, der dich eben aus deinem gewohnten Lebensraum nahm, dich so von den anderen deiner Art isolierte und in ein anderes Terrarium setzte.

Ein Schatten, blitzschnell, es wirbelt die Luft. Die Enden gewaltiger behaarter Beine berühren dich und ziehen dich auch schon mit sich, denn du klebst daran fest. Schon hängt dein Körper durchbohrt von Dolchen über der Erde.

Du zappelst und wehrst dich noch. Doch findest du nirgendwo Halt. Und deine Sinne schwinden. Es ...

Der Mensch, der an deinem Tod mitschuldig ist, schaut traurig zu, fast weint er über dein Ende, denn er sieht mehr als dich, sieht über dich hinaus, sieht sich und die anderen seiner Art, die dein Schicksal und das der deinen teilen.

Der Mensch schaut hinab zur Vogelspinne, der er die Grille als Beute gab. So ist es, denkt er, eben noch am Leben, gesund und munter, und schon grillen-mause-menschen-tot, so plötzlich, so unerwartet, so schnell kann es gehen – und nicht nur dir, sondern auch mir - uns allen.

Dann irgendwann blieb das Dunkel und wich nicht mehr dem Tag.

Nun, wir sind Wesen der Nacht. So aßen wir in ewig währender Nacht weiter an der immer noch überall herumliegenden Nahrung. So liebten wir uns wie zuvor. Eigentlich war gar nichts Schlimmes geschehen, denn die Wärme blieb auch ohne das Licht. Aber die Nahrung ging schließlich aus. Wir hatten Hunger, aber immerhin noch unsere Toten. Wasser gab es schon lange nicht mehr, wir brauchten nicht viel. Doch mit der Zeit ...

Jetzt liegen wir alle hier, die meisten von uns sind tot, einige zucken noch ein wenig mit den Beinen. Niemand kostet nun mehr von den Toten. Hier liegen wir und vertrocknen in der Wärme der »ewigen« Nacht.

Nein, es war nicht die Strafe GOTTES für ihren kannibalischen Leichenschmaus, der sie alle so enden ließ. Aber es war doch ihr »Gott«, der sie verlassen hatte. Vielleicht hatte er das Projekt eingestellt. Oder er hatte andere Probleme, war selbst erkrankt, abwesend von der Heimat seiner kleinen Kinder. Sie konnten das nicht verstehen, als sie noch lebten. Sie hätten das niemals denken können. Sie kannten nicht einmal den, der sie verlassen hatte. Niemals hätten sie begreifen können, welche Sorgen kleine Götter quälen. Wie unbedeutend er doch in seiner Welt war, der ihnen Wasser und Nahrung brachte und für den Wechsel von Tag und Nacht sorgte. Ja, er war nur ein Mensch. Sie aber wurden von den Menschen »Heimchen« genannt.

Nun weißt du, was die Schwärze vor dem Sonn, was die suchenden Schatten waren. Seine rechte Hand verursachte sie, wenn sie bisweilen in ihr Leben einbrach, die Langsamsten packte, sie zappelnd emporhob und mit ihnen verschwand - Futter für die Spinnen.

Menschenmann träumt Spinnenträume

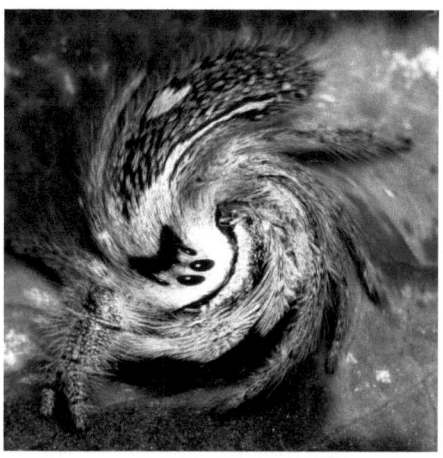

Und wenn er nicht gestorben ist
dann schläft er noch immer
und träumt – von Spinnen

Dort Oben in einer Welt, die nach dem Bild meiner Welt geformt ... Nein!, fange ich noch einmal an.

Dort Oben in der Welt, nach der unsere Welt hier unten gebildet ist, sitzt ein Mann mit meinem Körper und meinem Gesicht und schaut in ein Glas mit ro..., nein, nicht Wein, auch schaut er nicht hinein, sondern hebt das große kühle Glas, führt es jetzt in diesem Augenblick zum Mund und ... hält inne.

Dort unten zappeln zwei Fruchtfliegen hilflos im Schaum gefangen – Drosophila, fällt ihm ein, welch wundervoller Name für Insekten, die sich vom Tau ernähren, nun ja, ganz so ist es nicht, sie lieben Süßes und den Alkohol gärender Früchte, sie legen ihre Eier hinein, auf dass ihre beinlosen Kinder, von Menschen verächtlich Maden genannt, schlüpfen, emporklettern, sich verpuppen und geflügelte Wesen entlassen. Und diese heißen Imagines, denn sie sind Bilder ihrer Art, die zeigen, wer sie wirklich sind: winzige schillernde Fliegen.

Das alles ist diesem großen, schlanken Mann, einem Biologen, Zoologen, einst Insektenfan, dann Spinnenforscher, sofort klar.

Eine der beiden in seinen Augen so kleinen Fliegen schafft es, sich selbst zu befreien. Sie klettert am Glas empor, nachdem der Mensch mit Namen Rainar mit seinem ersten großen Schluck den Bierspiegel erheblich abgesenkt hat. Auch der anderen versucht er auf diese Art zu helfen.

Dies tut er übrigens hier draußen in der Stadt, während er andere Fruchtfliegen zu Hause auf faulenden Bananenresten und –schalen als Futter für seine Jungspinnen zu züchten versucht, was nicht sonderlich gut gelingen soll - aber das weiß er ja jetzt noch nicht, denn er ist zwar für die Wesen in den Welten, die er sich erträumt Er Dort Oben, steht also über diesen Dingen, ist für sie ein kleiner Gott, doch ist er deshalb noch lange nicht allwissend, und sein Körper und Geist sind in der Zeit gefangen.

Auch die zweite Fruchtfliege schafft es schließlich, nachdem er weitere Schlucke getan und sie mit seinem rechten Zeigefinger herausgezogen hat.

Dort sitzt sie nun und putzt sich, befreit erst einmal ihre an den Körper geklebten Flügel vom Schaum.

So kann es also kleinen Fliegen in Seiner Welt Dort Oben ergehen.

Wie aber ist es um uns Menschen hier unten bestellt?

Wer schaut uns zu bei unseren Sorgen?

Wer treibt mit uns sein Spiel – im »Guten« oder im »Bösen«?

Als ich ein Mensch war, träumte ich manch seltsame Menschendinge in der Nacht, und wurde ich am Morgen wach, so erinnerte ich mich nur einen Augenblick lang daran, und schon waren sie verflogen, als wären es nur Seidenfäden, wie sie die Jungen der großen und die Erwachsenen der kleinen Spinnen mit gestreckten Hinterleibern in die Lüfte schießen, bevor sie die Erde loslassen und sich zu ihrem Flug ins Ungewisse erheben.

Seltsame Dinge träumte ich, als ich noch ein Mensch war. Es waren Menschenträume, ja natürlich, was sonst! Und doch handelten sie immer mal wieder – oder immer öfter? - von Spinnen.

Auf der Flucht

Zuhause passierte mir nichts Gravierendes, ganz gleich, ob das, was geschah, sich nun in der Menschenwelt oder meiner Traumwelt ereignete.

Doch andernorts zu anderer Zeit, da, ja da liege ich zugegebenerweise nicht sterbend auf der Erde noch sitze ich voll in der Scheiße, sondern bin einfach nur – von wegen »nur« - auf der Flucht, das heißt, ich war es noch bis eben.

Ein Polizist hat mich hier in dieser fremden Stadt gefunden und will mich nun verhaften.

Ich erzähle ihm, was ich alles heute so getan habe: »Nichts Besonderes. Das heißt, doch. Weiß gar nicht mehr wann, da kletterte ich eine Mauer hoch. Oben angelangt, sah ich einen Dobermann heranstürmen. Und der biss mir in die linke Hand.

'Aus!', rief ich ihm zu.

Natürlich gehorchte er nicht.

Doch irgendwie gelang es mir, meine Hand aus seinem Mau..., sorry, Mund herauszuziehen. Ich sah sie mir näher an: Zahnabdrücke, nichts blutete. Dann biss er wohl gar nicht richtig zu, hielt mich nur fest, dachte ich.

Er trollte sich davon, als wäre nichts gewesen.

Gut, auch ich rutschte wieder von der Mauer herunter – auf der Seite, die ich hinaufgestiegen war. War wohl ein schwerer Fehler gewesen, diesen Weg zu nehmen.

Dann ging ich weiter durch verwinkelte Gassen und gelangte bald auf einen Hügel.

Tja, und das ist der Ort, an dem ich mich nun befinde, Herr Wachtmeister.«

Und bei mir denke ich: Hier legte und stellte ich eben noch die umgeworfenen Bilder und Souvenirs - hatte *ich* das etwa getan oder fand ich sie so vor? - vor dem Geschäft wieder schön ordentlich vor das Schaufenster.

Das alles geschah heute. Da bin ich mir ganz sicher.

Gestern jedoch ... Erinnerungen tauchen auf an das, was geschah, als ich bei Jörg zu Besuch war, weshalb ich wohl jetzt als Mörder verhaftet werden soll.

Er tat es einfach, ehe ich ihn davon abhalten konnte, testete das Spinnengift, das ich mitgebracht hatte, an sich selbst. Er injizierte es sich, sah mich einen Augenblick lang voller Entsetzen an, zuckte und sank vornüber – starb mir nichts dir nichts einfach so auf die Schnelle vor meinen Augen.

Und ich verließ in Panik seine Wohnung.

Ich schrecke auf.

Er müsse mich wegen dringenden Tatverdachts festnehmen, spricht der Polizist. Jörg X sei tot in seiner Wohnung aufgefunden worden. Eine Nachbarin hätte mich beim Herauslaufen beobachtet und auf dem Fahndungsfoto wiedererkannt. Fingerabdrücke seien gesichert, Haar- und Hautzellen etc. eingesammelt. Der Fall sei eindeutig und klar: »Sie sind sein Mörder.«

Tja, denke ich, wenn ich jetzt verhaftet werde, dann muss ich Freund Michael anrufen, damit er sich um meine Haustiere und die Pflanzen in meiner Wohnung kümmert - und das sind viele, viele Vogelspinnen. Und meine Schwester, meinen Bruder muss ich auch verständigen. Und den Anwalt, den ich aus Stammtischzeiten kenne, sollte ich anrufen? Die Anwälte, die ich bei der IHK-Mediamit traf, bei deren Preisausschreiben am Stand ich eine Flasche Sekt und einmal Beratung gratis gewann und nie in Anspruch nahm, sind auf Computerrecht spezialisiert, die dürften mir hierbei gar nichts nützen.

Dies alles denke ich, während ich in einem fremden Land weile.

Schon werde ich, wovon auch immer, aus meinem Traum geweckt. Gerettet wundere ich mich über gar nichts mehr, erinnere mich, spreche alles in ein Diktiergerät und schreibe es dann später auf.

So war es, so ist es. Hier sitze ich nun und trinke und träume. Irgendwann werde ich wieder nach Hause gehen und mich schlafen legen. Dann werde ich wieder von Spinnen und anderen Dingen träumen. Und ich werde erwachen und mich erinnern oder auch nicht. So wird es geschehen, immer und immer wieder, bis ich eines Tages oder eines Nachts nicht mehr erwachen werde.

Besucher und Besuche

Fremder und Freund

Dieser Tag beginnt wie so viele andere. Erst weckt mich das Radio und dann … Am besten, ich spreche ins Diktiergerät, was ich soeben träumte:

Überall sehe ich am Boden Spinnen herumlaufen. Ich schaue unters Bett.

Aha, einige Spinnenreste liegen da herum.

Alles klar, die großen essen die kleinen. Ich sollte sehen, dass ich sie einfange, sonst bleibt da am Ende nur noch eine übrig.

Ich versuche es.

Doch sie entwischen mir, verstecken sich in den Ecken.

Ich schaue in einem Terrarium nach. Tatsächlich, keine Spinne mehr drin, dafür ein offener Kokon.

Da sind also Junge geschlüpft.

Somit habe ich jetzt also statt entflohener Heimchen Spinnen in der Wohnung herumlaufen.

Hat aber auch was Gutes. Tun werden mir die Spinnen nichts. Und das Entscheidende: Es ist ruhiger geworden. Jetzt zirpt kein Grillenmann mehr hinter dem Ofen.

Nun folgt das, was jeden Morgen geschieht und außer mir niemanden sonst interessiert: Klo, Waschen, Anziehen, Frühstück.

Dann klingelt es.

Ich öffne mit einem Knopfdruck die Haustür und mit der linken Hand meine Wohnungstür und warte auf den, der da die Treppe heraufkommt.

Ich zeige meinem Besucher, der mir gänzlich unbekannt ist und den ich dennoch erwartet habe, im Wohnarbeitszimmer mein neues Spinnenbuch. Nun ja, es ist nicht mehr ganz druckfrisch, denn vorne habe ich schon innen einigen Text beim Lesen bunt mit Textmarkern angemalt, wie ich es immer so tue, mit einem komplizierten System, das, wie alle anderen Dinge dieser Welt auch, eine Evolution hinter sich hat: Wichtiges markiere ich rot, Überbegriffe grün, Personen und Zeiten gelb, Orte orange und Arten blau.

Das alles scheint meinen Besucher nicht zu stören. Er schaut sich das Buch aufmerksam an, liest hier und da und bittet mich schließlich, den Fototeil mit den Arten mitnehmen zu dürfen. Er kenne da eine Buchbinderei, die es mit einer Fadenheftung versehen günstig für ihn binden würde.

»Gut«, antworte ich nach kurzem Zögern, denn ich erwarte ja noch mehr Exemplare aus der Druckerei. Ich trenne den gewünschten Teil heraus und frage nach, ob er nicht auch noch das Cover haben will.

Nein, das brauche er nicht, meint er, bedankt sich und geht.

Kurz darauf kommt Freund Michael vorbei und wundert sich über das schmale Taschenbuchformat meines neuen Buches, das ich ihm stolz präsentiere: »Ist gar kein DIN A 5 wie sonst. Hast du das anderswo drucken lassen?«

Verdutzt schaue ich es mir doch noch mal näher an. Wie Recht er hat, seltsam, dass mir das zuvor gar nicht aufgefallen ist. Dann bleibt mein Blick auf dem Cover kleben. Da steht oben ganz groß der Buchtitel, darunter finden sich ein Spinnenfoto und dann ganz unüblich erst darunter drei lange Autorennamen – meiner ist nicht dabei. Und ganz unten steht auch noch »dtv«. Also ist das gar nicht *mein* neues in meinem eigenen Verlag erschienenes Spinnenbuch. Was hat mir denn die Druckerei da bloß geschickt?

Und das bedeutet, dass mein Besucher von vorhin doch nicht mein einziger Fan ist, sondern nur ein Sammler von Spinnenfotos, von wem auch immer sie stammen mögen?

Schade, schade.

Schließlich, Michael ist längst gegangen, entdecke ich im Innenteil noch weitere Seiten mit Spinnenfotos. *Die* hätte ich ihm auch noch mitgeben können. Und dann stimmen auch die Seitenzahlen nicht, sind blockweise versetzt. Ach deshalb haben wir diese Bilder übersehen. Das ist also ein

Bindefehler. Da werde ich mir ein neues Exemplar bei der Verlagsauslieferung mit entsprechendem Hinweis bestellen, der ich nach wie vor gerne ein vollständiges Exemplar dieses Buches hätte, obwohl es nicht von mir geschrieben ist.

Ich wache auf. Mein Traum ist ausgeträumt, der Traum vom eigenen Spinnenbuch voller Farbfotos im großen Verlag, vom Bestseller und von mir als Erfolgsautor auf Lesungstournee.

Halt. Vielleicht tut sich doch noch was. Jetzt ist die zweite Auflage von meinem Brautgeschenkbuch in meinem eigenen Verlag in einer gigantischen Auflage von 32 Exemplaren erschienen. Die Infomails an die Arachnologen in alle Welt über die Internationale Spinnengesellschaft ISA und die deutsche Gesellschaft AraGes sowie eigene Infos sind raus. Vielleicht kann ich auch noch einen Flyer zur Spinnenzeitschrift beilegen. Auf meiner Homepage steht auch so einiges. Einziges Manko, mein Buch ist in Deutsch geschrieben. Und heutzutage ist die Sprache der Wissenschaft nun einmal Englisch. Einst war's Latein, morgen vielleicht Chinesisch und übermorgen wird es gar keine Rolle mehr spielen. Weil wir alle Sprachen beherrschen? Weil es nur noch eine neue Mischsprache gibt? Weil es ohnehin schon lange keine Menschen mehr gibt und sich unsere Nachfolger mit diesen lächerlichen Dialekten einfach nicht mehr auseinanderzusetzen brauchen?

Wie dem auch sei, ich lege die Briefe von Spinnenforschern einfach zur Seite, ohne sie zu öffnen. Die wollen sicherlich ein Exemplar vom neuen Brautgeschenkbuch, was sonst.

Dann habe ich die Rechnungen geschrieben und bin am Verpacken, da fällt mir ein, ich solle vielleicht doch lieber mal in die Briefe reinschauen. Könnte ja sein, dass diese Arachnologen ganz was anderes haben wollen.

Und siehe da, ein Brief mit schwarzer Umrandung ist darunter – wer ist denn da gestorben?, sollte ich mich fragen und tue es doch nicht. Vorne steht die Ziffer 4. Aha, vier Exemplare sogar, hintendran steht etwas von »Beutefang«. Dann müsste es ja der Reprint meiner Diplomarbeit sein, die da gewünscht wird.

Und das bedeutet?

Jetzt muss ich die anderen Bestellungen auch öffnen, ehe ich die falschen Bücher verschicke.

Ich wache auf. Alles war nur ein Traum.

Alles?

Nein, das Buch erschien. Und auch Bestellungen trafen ein, sogar aus den USA und der Schweiz. Auch ein Reprint, allerdings von meiner Doktorarbeit, wurde geordert - von einer Bibliothek in Amsterdam. Immerhin.

Bruder

Ich bin zu Hause bei mir in meiner Zweizimmeraltbauwohnung mit Küche inklusive Elektrodusche in der Ecke und einem Waschbecken fürs Geschirr und mich. So weit, so gut.

Es klingelt.

Und wie sich herausstellt, ist es nicht der Paketdienst, der das neue Buch aus der Druckerei bringt, und ausnahmsweise sitze ich auch nicht gerade auf dem Außenklo eine halbe Treppe tiefer und stehe nicht gerade unter der Dusche. Also betätige ich den Türöffner neben der Küchentür, öffne die Wohnungstür und schaue erwartungsvoll auf die Treppe hinunter.

Sieh einer an, schau da, welch seltener Gast, mein Bruder Andreas, der bisher nur einmal, anlässlich unseres Besuches beim sterbenden Vater in einem saarländischen Krankenhaus, bei mir war, kommt überraschend extra aus Hessen zu Besuch.

Nun ist er also hier bei mir in der Pfalz gelandet. Doch anstatt dass wir uns beide ruhig unterhalten, wie man dies von erwachsenen Geschwistern erwarten sollte, kann er einfach nicht ruhig im Sessel sitzen bleiben, sondern schwirrt überall in der Wohnung herum.

Jetzt klettert er auch noch die Regale hoch, hält sich wohl für einen Alpinisten und Extremkletterer.

»Nicht da rauf!«, rufe ich noch.

Da steht er auch schon auf der Abdeckung des Spinnenterrariums ganz oben, bricht ein und klammert sich gerade noch am Regalbrett über der Tür fest.

»Ist aus Pressspan, runter da!«, rufe ich.

Er lässt los und - nichts passiert - hat schon wieder festen Boden unter den Füßen.

Die Spinne aber ist längst getürmt.

Und nun verabschiedet sich mein Brüderlein, macht sich so mir nichts dir nichts aus dem Staub.

Ich aber bleibe mit all den Verwüstungen allein zurück.

Nicht ärgern, nur wundern: Aufräumen ist angesagt, denke ich erstaunlich ruhig.

Die Spinne bleibt verschwunden.

Ziegenmelker

Es klingelt und … nein, diesmal ist es weder der Paketdienst noch die Post noch mein Bruder, es ist Freund Michael, der mich wieder einmal besucht.

Aus welchem Grund auch immer oder weil meine tropischen Spinnen die Wärme lieben, und die steigt nun einmal auf, deshalb also schaue auch ich nach oben.

Ach, dort in der Ecke lauert kopfunter meine entflohene Kammspinne.

Die sollt ich jetzt aber langsam einfangen.

Doch was ist das?

Nebendran sitzt keine Spinne, sondern ein Vogel.

Das ist ja ein Ziegenmelker.

»Pass auf, der fängt gleich an zu kotzen«, meint Michael noch.

Und tatsächlich, er tut's. Voll auf mein darunter stehendes Bett.

Was der bloß gegessen hat?, frage ich mich. Etwa eine

von meinen Spinnen, die ihm gar nicht bekommen ist? Dann geschieht's ihm gerade Recht.

Wie auch immer, ich bin nicht gerade begeistert, denn nun muss ich einen Lappen aus der Küche holen und am besten zusätzlich noch eine Plastikschale oder einen Eimer auf mein Bett unter ihn stellen, falls der so weitermacht.

Die Schale, die ich finde, ist voll Wasser. Ich leere sie in die Blumenkästen aus und bringe sie in mein Schlafzimmer rüber.

Dann fange ich die Kammspinne der Art *Cupiennius salei* ein und sehe, dass sie schwer verletzt ist und nur noch sechs Beine besitzt, drei auf jeder Körperhälfte. Jetzt gleicht sie diesbezüglich einem Insekt, denke ich, immerhin lebt sie und blutet schon lange nicht mehr.

Tja, und dieser seltsame Vogel, dieser Ziegenmelker ist schon wieder verschwunden, so plötzlich wie er aufgetaucht ist, als wäre er nur Teil eines bösen Traums gewesen.

Am Sonntag kommt wieder mal ein Be..., nein, diesmal ist es anders, heute gehe *ich* aus dem Haus, denn ich bin bei Freund Michael zum Mittagessen eingeladen. Er kocht ganz gerne und gut, und nur für sich ganz allein macht der ganze Aufwand wohl nicht so richtig Spaß. Oder aber er will auch mir ab und zu mal etwas Gutes antun.

Wie dem auch sei, ich kraxle jetzt also den Berg zu ihm hoch. Japs, das strengt meine Pumpe ganz schön an, zumal da eine künstliche Herzklappe in mir steckt und ich ein herzentlastendes Medikament einnehme. Außer Atem komme ich schließlich einige Minuten verspätet bei ihm zur Mittagszeit an.

Doch was ist das? Das gab es ja hier bei ihm noch nie. Da läuft ja eins von meinen Lieblingstieren bei ihm in der Küche frei herum – und das mit enormer Geschwindigkeit, wow.

Michael fängt die Spinne trotzdem blitzschnell mit einem Glas ein.

Was könnte das wohl sein? Ich schau sie mir näher an, während er sich weiter um die Essenszubereitung kümmert: Aha, das ist schon wieder eine von diesen Kammspinnen aus Südamerika. Wo kommt denn die nur her? Ich habe sie sicherlich nicht mitgebracht, denn die, die ich einmal vor zwanzig Jahren hatte, pflanzte sich nicht fort und lebt schon lange nicht mehr.

Unter dieser Spinnengruppe, Ctenidae lautet der wissenschaftliche Name der Familie, gibt es für Menschen harmlose, aber auch sehr gefährliche Arten. Ich bin da kein Spezialist, schaue sie mir dennoch näher an und wundere mich – nicht darüber, dass ich das tue, was ich gerade tue, sondern über das, was ich da sehe bzw. nicht sehe. Denn es ist doch sehr eigenartig, dass diese Kammspinne hier gar keine typischen Chelizeren hat. Doch wenn das so ist und diese nicht irgendwie verloren gingen, so kann sie ja gar keine Spinne sein. Denn mit diesem ersten Gliedmaßenpaar vorne unterhalb der Augen beißen und greifen alle Spinnen ihre Beute und tun damit noch einiges mehr.

»Bist du jetzt eine Spinne oder was bist du sonst?«, murmele ich und hebe das Glas dabei wohl, ohne es zu bemerken, etwas vom Tisch ab.

Schon ist sie mir entwischt.

Ich aber bin ein geübter Spinnenfänger. Reflexartig packe ich mit meiner rechten Hand zu: »Hab ich dich!«, rufe ich.

Da hat sie mich auch schon in einen Fingerknöchel gebissen, ja, verbissen, lässt einfach nicht mehr los.

Und jetzt unter Schock fällt mir gar nicht auf, dass das, was geschehen ist, gar nicht sein kann. Denn zum einen hatte sie ja gar keine Chelizeren zum Beißen, zum anderen hielt ich sie beim Fang mit der Faust umschlungen. Sie aber biss mich mit ihren nicht vorhandenen Klauen in die Oberseite der Hand.

Ich versuche, ihre Chelizeren herauszuziehen.

Hoffentlich war da nicht mehr viel Gift drin, denke ich,

hat ja auch Michael zuvor schon ein paar Mal gebissen, was er jetzt plötzlich zugibt.

Schließlich lässt sie doch noch los.

Die nehme ich bestimmt nicht nach Hause mit, denke ich und lasse sie laufen.

Und die Spinne hat erreicht, was sie wollte: Sie ist am Leben geblieben und kann sich wieder frei in ihrem Heim, in Michaels Wohnung bewegen.

Und wenn die Luft durch das Heizen im Winter nicht zu trocken wird, wenn es genügend Beute gibt und weder Michael noch irgendein Besucher sie erschlägt, dann wird sie alt werden und enden, wie es viele Märchen tun, doch niemals Träume: Und wenn sie nicht gestorben ist, dann lebt sie noch immer.

Tja, und ich bin jetzt wieder bei mir zu Hause.

Nein, ins Krankenhaus, das hier in Kaiserslautern in der Innenstadt übrigens nur ein paar Hundert Meter vom Ort des Geschehens entfernt liegt, wurde ich nicht eingeliefert. Kein Notarzt musste kommen. Ich schleppte mich auch nicht mit letzter Kraft zum Arzt. Mir wurde bisher noch nicht einmal schwindlig.

Ja, etwas Jodersatz tat ich auf die Wunde, klar. Sonst tat ich weiter nichts, legte mich später zu Bett und – wachte dort auch wieder am nächsten Morgen in meinem Bett auf. Der Alltag hat mich wieder, hier in meiner langjährigen Pfälzer Heimat Kaiserslautern.

Arachnologentreffen

Gelegentlich reise ich trotz meiner bescheidenen Mittel in andere Städte.

So bin ich augenblicklich bei einem Treffen von Spinnenforschern, die wissenschaftlich *Arachnologen* heißen. Eigentlich sollte ich einen Vortrag halten, zu dem ich aber gar nicht kam.

Jetzt packe ich bereits meine Sachen für die Abreise. Das sind zwei Koffer und eine Tasche, mehr als ich in zwei

Hände nehmen kann. Also verstaue ich den kleinen im gro-ßen, der aus welchen Gründen auch immer fast leer ist.

Dann setze ich eine braune Pelzmütze auf, bis mir auf-fällt, dass das ja gar nicht meine ist. Ich setze sie wieder ab, packe sie in den Spind und entdecke meine grüne Müt-ze mit Fellimitat.

Ich verlasse das Zimmer und gelange in den Korridor. Dort hinten rechts laufen die anderen Wissenschaftler be-reits die Treppe hinunter. Hier vorne, nur ein paar Meter entfernt, gibt es eine weitere Treppe, die parallel zur ande-ren verläuft. Wenn auch halb zerfallen, so ist sie immerhin aus Stein. Ich schleppe meine Sachen dorthin und trage sie dann schnaufend die Treppe hinunter.

Nun muss ich mich nur noch nach links wenden, um zu den anderen zu gelangen. Ja, und von dort sollte unser Bus zum Bahnhof fahren.

Kaum gedacht, auch schon getan.

Kein Bus, keine Kollegen.

Also schaue ich doch gerade mal in meiner Jackenta-sche nach dem Zugfahrplan.

Doch ich halte nur eine ausfaltbare Bahnwerbung mit vielen bunten Bildern in den Händen.

Ich blicke auf und stelle fest, dass ich ja bereits vor einem verglasten Kasten mit einem gelben Fahrplan der Bahn in Augenhöhe stehe.

Ich sehe nach der Abfahrtszeit und reise nicht ab und wache nicht auf. Denn längst bin ich in anderen Träumen versunken.

Die Rache

In einem Plastikglas mit Schaumstoffdeckel entdecke ich doch drei Brautgeschenkspinnenmänner. Einer um-spinnt gerade eine winzige Beute. Die anderen wollen sie ihm abnehmen.

Wo haben sie die nur her?, frage ich mich.

Doch auf dem Boden ist Erde. Daraus sind sicherlich

winzige schwarze Fliegen geschlüpft. Die fangen sie ein und umspinnen sie zu Brautgeschenken. Alles klar, so wird es sein.

Und so erregt wie diese Typen sind, oder kam es mir nur so vor?, muss da auch noch irgendwo eine Spinnenfrau ihrer Art sein.

Erstaunlich, wie viele Wesen in solch kleiner Welt existieren können.

Habe ich etwa den Deckel geöffnet?

So muss es gewesen sein. Denn ein Spinnenmann sprang mir in den Mund hinein, krabbelte weiter und biss sich ganz hinten im Gaumendach fest.

Und er will einfach nicht loslassen.

Jetzt ist meine Geduld aber am Ende. Genug ist genug. Mir reicht's. Ich nehme einen Löffel und drücke ihn damit platt, schabe seinen Körper nach vorne und spucke ihn aus.

Doch noch immer spüre ich dort hinten etwas am Gaumendach sitzen.

Ich bin mir sicher: sein „Kopf" mit den Klauen steckt da noch immer festgebissen drin. Und dann wird er eitern und mir noch schwer zu schaffen machen.

Das ist die Rache der toten – Spinne, fällt mir jetzt ein, mitten am Tag, wo ich all dies niederschreibe.

Springen grüne Krabbenspinnen?

Ich bin in den Alpen

»Schweizer Alpen«, flüsterte mir jemand zu.

Wo genau?

Wie soll ich das wissen? Menschenstädte oder -dörfer gibt es hier nicht. Ich bin allein und ohne Technik unterwegs, trage weder Handy noch ein Navi mit mir. Warmes Sommersonnenwetter, alles bestens.

Da sehe ich eine grüne Spinne.

Die schaue ich mir näher an.

Aha, *Diaea dorsata*, denke ich, denn mit Spinnen kenne ich mich ja ein wenig aus.

Kaum gedacht, springt sie auch schon mit einem großen Satz davon.

Das jedoch tun weder Krabben noch Krabbenspinnen, wozu diese Art gehört. Letztere verziehen sich einfach auf die Unterseite der Blüte oder des Blattes, auf dem sie gerade saßen, wenn sie denn jemand stört oder bedroht.

Dann ist es also gar keine Krabbenspinne, sondern eine Springspinne, die einer Krabbenspinne ähnelt?

Bekanntlich heißen diese meist kleinen Wichte mit ihren kurzen Beinen so, weil sie ihre Beute anspringen. Ja, eine Art aus dieser weltweit größten Spinnenfamilie könnte es sein. Ob die der Wissenschaft schon bekannt ist?

Eine Art ist es jedenfalls nicht, denn die ist nicht grün, sondern schwarz-weiß gestreift: die Zebraspringspinne, die 2005 zur Spinne des Jahres gekürt wurde und im menschlichen Wohnbereich vorkommt. Einst sah ich sie munter an der Häuserwand meiner Wohnung entlanglaufen.

Nun gut, Springspinnen gibt es in allen Farben und in vielerlei Größen, was die Erwachsenen betrifft, von den Jungen ganz zu schweigen. Ich erinnere mich an einen Vertreter einer anderen Art. Überraschend und deshalb unvergesslich in all seiner in Menschenaugen so winzigen Pracht schaute doch einst einmal ein kleiner Springspinnenbesucher bei mir im Arbeitszimmer vorbei. Munter beim Sommerwettereinbruch Ende Mai sprang er vom Locher zum Dokumentenhalter, auch auf meine Hand, die ich ihm anbot. Und das geschah so: Erst visierte er sein Ziel genau, bevor er sprang, der kleine Spinnenmann. Ganz in Schwarz, fein gekleidet, fit und gesund, einer, auf den die Frauen seiner Art voll stehen dürften. Ja, der war sicher auf der Suche nach *ihr*, Cherchez la femme!, auf der »ewigen« Suche nach der Spinnenfrau - so lange ein Spinnenmännerleben eben währt.

Klein sind die Spinnen aus Menschenblickwinkel, wenige Millimeter die Körper der meisten nur lang. Doch in den Augen der Ängstlichen und in den Menschenträumen wachsen ihre Körper gigantisch an. Nicht nur von winzigen grünen Spinnen, sondern auch von großen Spinnen träumte ich, die ich draußen in den Stauden fing.

Eine Springspinne hatte sich soeben hier bei mir im Terrarium gehäutet. Das aber heißt Wachstum. Jetzt war sie so groß wie eine Vogelspinne.

Das war völlig eindeutig und klar, hier in dieser Nacht und diesem Traum, niemals aber in der Nichttraumwelt dort draußen - zumindest nicht in unserer Zeit auf unserer Welt.

So weit, so klar, so wunderbar.

Doch da war auch noch eine zweite Spinne bei ihr im Terrarium. Dabei sind alle Spinnen doch Carnivoren, also Lebewesen, die sich von lebender Beute ernähren, auch wenn bei einigen etwas vegetarische Kost wie Pollen dabei sein mag. Und die meisten Arten sind Einzelgänger und Kannibalen. Wenige Arten nur leben in großen Gemeinschaften, jagen zusammen und teilen die Beute, sind sozial.

Diese beiden hier taten sich nichts. Oder *noch* nichts? Waren sie etwa Männchen und Weib..., sorry, Mann und Frau, ein Paar, und lebten friedlich zusammen, wie es tatsächlich nicht nur bei Menschen vorkommen soll, sondern auch bei einigen Spinnenarten die Regel ist?

Nein! Hier handelte es sich eindeutig um zwei Spinnenmänner. Denn beide hatten verdickte Tasterenden, Bulben mit Emboli, Eindringer - Spermaüberträger.

Also fange ich wohl doch am besten einen von beiden raus, sonst gibt's doch noch ein Gemetzel, Kannibalismus, wie ich es einst einmal bei zwei Männern einer afrikanischen, im Erdboden lebenden, grabenden Vogelspinnenart der Gattung *Hysterocrates* feststellen musste.

Und während ich noch am Überlegen bin, ob ich überhaupt noch einen leeren Behälter übrig habe, in den ich einen der beiden setzen könnte, werde ich auch schon geweckt.

Aus ist der Traum. Und alles bleibt offen - bis zu dem Tag, an dem er weitergeträumt wird.

Das alles also geschah »nur« in einem Traum.

Jetzt und hier jedoch folge ich dem Faden der grünen Spinne, sehe etwas davonkrabbeln, das seitliche flache Auswüchse am Vorderkörper trägt.

Das kann doch keine Springspinne sein. Sieht mir eher nach einer tropischen Heuschrecke oder einer Gespenstschrecke aus.

Jetzt beißt sie zu.

Ist nur 'ne Heuschrecke, denke ich und meine nicht die Täterin, sondern das Opfer. Dann wundere ich mich, dass dieses noch immer lebt und nicht mit allen Sechsen zuckend in den Chelizeren der Spinne hängt. Ist die nicht tot zu kriegen!?

Mehr willst du wissen, dem ich meine Träume erzähle? Du weißt auch nicht, was »Chelizeren« sind?

Chelizeren heißt das erste Gliedmaßenpaar mit meist bezahnten beweglichen Grundgliedern und den ein- und ausklappbaren Giftklauen am Ende. Von diesen müsste die Beute jetzt gepackt worden sein, wenn es denn eine Spinne ist, die ich zunächst für eine Spinne, dann wegen ihrer Gestalt für ein tropisches Insekt hielt.

Die Heuschreckenbeute zappelt nicht. Doch tot scheint sie auch nicht zu sein. Irgendetwas stimmt hier ganz und gar nicht, ist nicht im Geringsten so, wie es sein sollte. Denn die Spinne packt immer wieder zu, immer und immer wieder.

Vielleicht rutscht sie ja mit ihren Klauen ab. Vielleicht. Vielleicht aber auch nicht.

Muss da einfach näher ran und mir das Ganze in Ruhe betrachten.

Aha, acht Beine und zwei beinartige Taster hat diejenige mit den Beißproblemen schon einmal. Sie also ist eine Spinne. Das ist klar. Dann müssten dort vorne auch die Chelizeren liegen.

Ja, da sind sie ja.

Dann aber sehe ich das Malheur. Die »Beute« lebt noch immer. Beide, Heuschrecke und Spinne, sitzen distanziert. Und auf dem Boden liegen jede Menge Beine und Gliedmaßenteile herum.

Mein Gott, denke ich, autotomiert oder abgebissen? Das war ja ein echtes Gemetzel und …

Ich wache auf.

Als Mensch!

Als was denn sonst!?

Es ist spät am »Morgen«, 11.30 Uhr Sommerzeit. Samstag ist's, wo ich dies hier träumte und mich noch einen Augenblick lang an diesen seltsamen Insektenspinnentraum erinnern kann, gerade Zeit genug, um ihn auf Band zu sprechen.

Uni-Spinnen-Abenteuer

Uni, das heißt Universität. In meinem Fall war das die neue Universität in Kaiserslautern, die zu meinen Studien- und Nachstudienzeiten ein paar Mal umbenannt wurde. Doch was sind schon Namen? Nichts als Schall und Rauch. Hieß sie zunächst noch Universität Trier-Kaiserslautern, wobei die Geisteswissenschaften in Trier verblieben und in Kaiserslautern lediglich Mathematik, Naturwissenschaften, Architektur, Raum- und Umweltplanung sowie Elektrotechnik unterrichtet wurden. Sie wurde selbstständig, hieß fortan nicht mehr »Universität Trier-Kaiserslautern«, sondern »Universität Kaiserslautern« und wurde schließlich zur »TU Kaiserslautern«.

War ich denn jemals dort? Studierte dort gar? Erhielt mein Diplom in Biologie und promovierte dann?

Das erscheint mir alles fern, ja irreal.

Sind es Erinnerungen an Dinge, die ich während meiner Studienjahre erlebte?

War aber alles real, erhielt ich meinen Doktortitel, dann bin ich jetzt wohl ordentlicher Professor oder zumindest wissenschaftlicher Mitarbeiter an einer anderen Institution?

Ja, ja, nein.

Nein? Da muss doch was schiefgelaufen sein.

Ja, ich erinnere mich: Ich studierte tatsächlich dort Biologie, bekam auch mein Diplom.

Doch was war mit meinem Doktortitel? Darf ich den nun tragen und mich »Dr. rer. nat.« nennen?

Verratene Forschungsresultate

»Das hätten Sie nicht tun sollen, Herr Nitzsche«, meint mein Doktorvater Professor T. Und was er damit ausdrücken will, ist das: Der Firma Meyer hätte ich niemals meine bereits gedruckten Resultate *vor* der Promotion, der wissenschaftlichen Aussprache - das ist ein Vortrag über die Forschungsresultate mit kritischer Befragung durch Professoren, alles öffentlich, vor Publikum - übergeben dürfen.

Ich wundere mich nur und denke: Das habe ich doch gar nicht getan. Dann fällt mir siedend heiß ein, ja, dieser Zoohandlung habe ich ein Exemplar verkauft – oder wohl doch eher geschenkt?

Und Hans und Gabi meinen: »Hinter Firma Meyer verbirgt sich eine der großen Supermarktketten namens LiDL.«

Nun dort kaufe ich häufig ein. Doch was wollen die mit einem Buch voll mit Statistik über das Sexualverhalten einer Spinnenart, die keine Vogelspinne ist, also die meisten Spinnenhalter gar nicht interessieren dürfte?

Und das Kleingedruckte mit den Bedingungen über die Vergabe eines Doktors entdecke ich nun auch. Die Ergebnisse der Doktorarbeit müssen neu sein, sonst gibt's keinen Titel. Oh je, all die vielen Jahre Arbeit sind nun für die Katz.

Oder lässt mein Prof. es noch mal durchgehen und verrät den anderen nichts?

Ich habe meinen Titel. Also war die Sache mit dem Buchverkauf doch nur ein böser Traum, einer von denen, die selbst phobielose Spinnenforscher und Spinnenfreunde manchmal, und das noch Jahrzehnte danach, eben träumen.

Die Spinne unter der Decke

Und was sehe ich jetzt da unter der Decke?

Nein, nein, nicht unter der auf meinen Beinen in meinem Bett, sondern dort oben an der Zimmerdecke.

Eine Spinne, groß und gelblich mit langen Chelizeren, sitzt auf einem Seidenteppich über mir.

Ich hole mir eine Leiter, klettere hoch und fange sie vorsichtig mit einem Behälter ein, dessen Deckel leider nicht einrastet. Hoffentlich bleibt er zu. Wie auch immer, ich packe die Spinne oben auf die anderen Sachen in den

Rucksack. Dann verlasse ich meine Wohnung im ersten Stock, gehe die Treppe hinab, verlasse das Haus im Stadtzentrum und marschiere Richtung Uni los, die erst vor drei Jahrzehnten an den Stadtrand, in den Wald hineingebaut wurde.

Überall liegt Schnee. Es wird eine Zeitlang dauern, bis ich dort bin, fällt mir ein. Ob mein häuslicher Spinnenfang die Kälte wohl überleben wird? Falls sie aus den Tropen stammt, sehe ich da eher schwarz, obwohl, auch dort gibt es solche und solche Spinnen. Die einen leben in großen Höhen, wo es nachts ganz schön kühl wird, die anderen jedoch in den Tiefländern, die schon die 20°C bei mir in der Wohnung gar nicht mögen.

Vergessene Spinnen

Apropos Tropen und Eiseskälte. Eines Tages komme ich aus dem Urlaub zurück. Da fällt mir siedend heiß ein: Wer hat sich denn jetzt um meine Brautgeschenkspinnen in den kleinen Plastikbehältern gekümmert? Da hatte ich doch ganz vergessen, jemanden dafür zu engagieren. Hoffentlich sind die nicht verdurstet und leben noch.

Also nichts wie an die Uni.

Leichter gesagt als getan. Denn um ins Gebäude zu gelangen, müsste ich eigentlich hier zwischen zwei Häusern einen Hof überqueren.

Doch da ist nirgendwo ein Hof. Dafür gibt's hier einen tropischen von Palmen und allerlei Epiphyten auf mir unbekannten Bäumen umringten Teich, der beheizt sein dürfte. Das Ganze ist sogar überdacht. Das reinste Exotarium, voll mit tropischen Vögeln und Echsen. Sumpfschildkröten und größere Fische schwimmen im Wasser. Kleine Alligatoren schlummern sich sonnend am Ufer. Da darf ich also nicht durch und bin dazu auch gar nicht sonderlich motiviert. Man weiß ja nie, wer oder was da noch so unter Wasser lauert?

Also gehe ich hintenrum, komme ins bekannte Biologie-gebäude mit der Nummer 13 und gelange auch problemlos ins 5. Stockwerk, wo mein Zimmer - nicht mehr ist.

Bin hier wohl inzwischen rausgeflogen.

Schaue ich mich mal um, ob da nicht jemand ist, der mir helfen kann. Aha, da steht ja einer im Blaumann, sicherlich der Hausmeister. Der müsste Bescheid wissen.

»Ach ja, die Spinnen sind jetzt oben abgestellt«, meint er. »Wird aber auch Zeit, dass sich jemand um die küm-mert und sie endlich abholen kommt.«

Ich stürme die nächste Treppe hoch und entdecke in der Ecke ein verstaubtes Regal, in dem blaue Aquarien-leuchten brennen. Und dazwischen steht auch ein runder Plastikbehälter mit einer weiblichen Brautgeschenkspinne mit Kokon.

Doch ist das schon alles? Nur noch eine und vielleicht viele Junge, wenn denn da welche schlüpfen sollten? Das waren doch viel mehr Spinnen!

Ich steige auf die Leiter und – hier oben stehen sie alle aufgereiht in den kleinen runden mit Schaumstoffdeckel verschlossenen Plastikbehältern mit Pappkletterstreifen und Wasserschälchen im Innern.

Ich habe sie gesucht, ich habe sie gefunden. Der Alb ist nun vorbei, ein Filmhappyend, wie wunderbar.

Erleichtert wache ich auf und lache. Denn meine For-schung mit diesen Spinnen liegt längst hinter mir. Dafür erhielt ich mein Diplom und meinen Doktortitel. Und all die Spinnen, die damals dort in der Uni wohnten, leben schon lange nicht mehr, denn sie werden nur ein bis zwei Jahre alt.

Die Spinne vom Prof.

Ich habe die Uni erreicht. Mein Treppenhausspinnen-fang hat die Kälte erstaunlicherweise überlebt. Hier sitze ich nun in meinem Zimmer. Das aber heißt, dass ich wohl noch immer an der Uni tätig bin. Ich bin weiter in der Forschung aktiv, d. h. augenblicklich führe ich keine Beobachtungen durch und mache auch keine Experimente, sondern schreibe. Ich will noch ein »paper«, eine wissenschaftliche Veröffentlichung, fertigbekommen, und das dauert und dauert und dauert.

Ich erzähle meinem Besucher davon, dass ich festhänge und einfach nicht weiterkomme. Und wie es so ist, erzählt man einem anderen etwas, scheint das Denken erst richtig einzusetzen, fallen einem selbst Fehler auf, fragt man sich, was das alles soll, frage ich mich nun zum ersten Mal: Was tue ich hier eigentlich noch?

Mein Diplom habe ich, meinen Doktor auch, eine Bezahlung gibt es für meine Forschung nicht, hat es auch für meine Doktorarbeit nicht gegeben, für eine Habilitation reichen die Resultate noch lange nicht. Ich sollte meinem Professor Bescheid geben und gehen.

Kaum an ihn gedacht, da taucht er auch schon auf und drückt mir einen Behälter mit Spinnen in die Hand. Die soll ich mir mal anschauen. Diese Box und andere waren mir auch schon vorher aufgefallen, standen alle nebeneinander auf einem Regal. Doch reingesehen hatte ich noch nicht.

Ich öffne sie vorsichtig. Oben klebt festgesponnen ein runder Kokon mit Eiern. Etwas entfernt sitzt eine Spinne mit langen dünnen Beinen.

Soll das eine Krabbenspinne sein?

Die Beine sind dafür viel zu dünn.

Dann könnte es eher eine Zitterspinne sein. Doch diese Arten tragen nur wenig umsponnene Kokons in den Chelizeren mit sich, ganz so, wie es auch die Raubspinnen, wozu die Brautgeschenkspinne gehört, mit ihren großen, dicht umsponnenen Kokons tun.

Ich grübele und grübele. Und während ich noch überlege, wache ich auch schon auf.

Also träume ich diesen Traum wohl niemals mehr zu Ende. Diesen nicht, doch einen anderen, der noch viel wundersamer ist, denn hier geht es nicht nur um Spinnen.

Das Grüne Heupferd

Mein Auftrag lautet: Ich soll zwei Ratten im Unilabor einfangen und mitbringen. Wohin auch immer? Wofür auch immer? Wer weiß das schon in einem Traum?

Okay. Suche ich also zwei weiße Laborratten aus.

Könnte ja auch gleich noch ein paar Spinnen mitnehmen, denke ich gerade, da sehe ich einige von meinen tropischen Raubspinnen auf dem Boden herumlaufen.

Aha, die haben es wohl irgendwie geschafft abzuhauen.

Ich versuche sie einzufangen, erwische einige, andere hingegen zerquetsche ich mit meinem Fangglas.

Dann kommt da so mir nichts dir nichts ein großes Grünes Heupferd entlangstolziert, das etwas in seinen Mandibeln, den kauenden Insektenmundwerkzeugen, mit sich trägt.

Das könnte eine Spinne sein.

Heupferde sind ja im Gegensatz zu Feld- und Wanderheuschrecken keine Pflanzenfress..., sorry, Pflanzenesser, denke ich.

Doch was geschieht nun zu meiner Überraschung?

Zwei der kleinen tropischen Spinnen stürzen sich wie auf Kommando – oder gar *auf* Kommando? - auf das gigantische Heupferd. Die eine packt es am Sprungbein. Die andere am Hinterleib auf der anderen Seite. So halten sie beide ihr Opfer fest, bis es nach kurzem Kampf durch ihr Gift getötet ist. Dann saugen die beiden sich voll. Und das geht rasch, so rasch, wie es in der Welt der Lebenden auf Erden niemals ablaufen kann.

Beide Spinnen führen nun ihre durch die Aufnahme gewaltiger Nahrungsmengen enorm angeschwollenen Hinterleiber zusammen.

So paaren sich doch niemals Spinnen, denke ich und … wache auf.

Ich stehe auf, schaue nach oben, sehe in der Zimmerecke das Netz, ein Spinnennetz, wie es jeder kennt.

»Was macht denn dieses Radnetz hier bei mir im Haus?«

Denn ich weiß als Spinnenforscher, dass es viele Netzarten bei Spinnen gibt und sich selbst Radnetze von Art zu Art und von Mal zu Mal unterscheiden. Netz ist also niemals gleich Netz. Ich weiß, dass das Netz für die Spinne ein Werkzeug ist, um Beute zu fangen. Das ist offensichtlich, auch wenn es zudem noch andere Arten, ursprünglichere wie Wohnnetze, und spezielle wie Spermanetze gibt. Doch ein Netz, welcher Art auch immer, ist ein Teil der Spinne, die die Seide aus Drüsen und Düsen und Spulen an den am Hinterleib liegenden Spinnwarzen ausschied.

Lange Rede, kurzer Sinn: Hier sitzt nun kopfunter eine Kreuzspinne und wartet geduldig auf Beute.

Die gefundene Kamera

Träume ich schon wieder? Am helllichten Tag und bin ich schon wieder eingeschlafen?

»Das Netz«, flüstert mir meine Mutter zu, die schon seit vielen Jahren nicht mehr lebt, »das Netz«, und sie meint ein Radnetz, »das Netz geht von einem Zentrum aus. Hier um Berlin herum in Brandenburg sind die Wurzeln unserer Familie, väterlicher und mütterlicherseits. Dann zerstreuten wir uns in alle Richtungen in die weite Welt. Die einen nach dort, die anderen … wir gingen nach Westen.«

Mein Vater aber meint, er wolle nicht mehr »Nitzsche« heißen, sondern »Nietzsche« mit »ie« wie der Philosoph, so gehörte es sich, so wäre es richtig. Dabei erfuhr ich einst von ihm, dass mein Großvater unehelich zur Welt kam, er also den Namen seiner Mutter trug. Also würden wir alle im patriarchalischen System gar nicht »Nitzsche« heißen. Da wird wieder einmal offensichtlich, wie bedeutungslos Namen doch sind, nichts als Schall, der vor allem, und Rauch: Einst gab es keine Nachnamen und wird es sie morgen noch geben? Andererseits, »Nitzsche« klingt wie »Nietzsche«, besonders, wenn man den Namen, wie es in unserer Familie Usus war, mit langem »i« ausspricht. Und durch diesen Namen erst fand ich zur Lektüre von Nietzsches Schriften, eiferte ihm in der Jugend nach und kam so also zum Schreiben.

Ich öffne verwundert meine Augen, denn auch mein Vater lebt seit einigen Jahren nicht mehr, also träumte ich nur, ihn sprechen zu hören.

Dann schwankt die Welt - oder ich?

Ich heiße doch Olaf Olsen. Wer aber ist dann dieser »Nitzsche«, etwa Er Dort Oben.

Ich stehe auf, gehe an einem Zaun entlang und sehe überall die tollsten Spinnen.

Die müsste ich fotografieren, denke ich. Seit Jahren habe ich sie überall gesucht und nirgendwo gefunden. Und jetzt haben sie sich hier direkt vor meiner Nase niedergelassen. Typisch für dieses Jammertal mit Namen Erde.

Und während ich dies noch denke, klebt schon ein Spinnennetz an meiner Hand und will sich gar nicht mehr von meiner Haut lösen. Vor einem Augenblick war es noch ein wunderschönes Radnetz, doch nun ...

Von diesem Malheur jedoch lasse ich mich nicht aufhalten. Ich gehe also weiter und bin auch schon mitten im Pfälzer Wald, den es rings um die Uni noch immer gibt. Jetzt drehe ich mich im Kreis, schaue mich so auf einer Lichtung um.

Da entdecke ich doch tatsächlich auf dem nadelbedeckten Boden eine Spiegelreflexkamera mit Makro-Objektiv. Ich gehe hin und hebe sie auf.

Könnte meine eigene sein, denke ich, aber die hätte ich doch hier nicht liegen lassen.

Sie ist dreckig, wohl vom Regen. Also putze ich sie und sehe in der Nähe ein Gespinst. Das schaue ich mir gleich einmal durch den Sucher der Kamera näher an.

Da sitzt doch nicht etwa eine junge Brautgeschenkspinne drin?

Dann könnte ich die ja gleich fotografieren und damit die Kamera testen.

Doch es ist klar erkennbar an den Streifen eine nahe verwandte Art, die Gerandete Jagdspinne *Dolomedes fimbriatus*, die ausgewachsen nur am Wasser vorkommt, in der Jugend jedoch in der Krautschicht kleine Gespinste bewohnt.

Ein Gewässer jedoch sehe ich hier nirgendwo.

Während ich noch am Putzen der Kamera bin - habe das Objektiv abgeschraubt und bekomme es nicht mehr zusammen -, bemerke ich im Blitzgerät ein »Superpack« mit zahlreichen Batterien unterschiedlicher Art, die da zusammen anstelle der üblichen vier verwendet werden können.

Das ist nicht meins, denke ich noch und höre und sehe auch schon den Bekannten, einen anderen Biologen, der sich freut, seine Kamera endlich wiedergefunden zu haben.

Er nimmt sie sich. Kein Wort des Dankes.

Und ich habe sie auch noch für ihn geputzt, denke ich und – bin wieder in meinem Zimmer an der Universität.

Der junge Professor spricht mich an. Er möchte die Resultate, d. h. den Ausdruck meiner wissenschaftlichen Arbeit sehen, die ich bei ihm abgeben muss.

Doch ich muss sie erst noch ins Reine schreiben. Das sage ich ihm und vertröste ihn um ein paar Tage.

Dann klettere ich in eine Grube runter.

Weil da unten meine Spinnen hausen, die ich fotografieren will?

Ich habe Probleme, wieder hochzukommen, setzte Fuß vor Fuß ins Wurzelgeflecht einer Liane. Oben ist ein Zaun aus waagrecht liegenden Metallstäben. Auch da steige ich Stufe um Stufe empor, schwinge erst ein Bein darüber, dann das zweite und habe es geschafft.

Ach ja, die Teile der wissenschaftlichen Arbeit, die ich dem Prof. geben sollte, sind auch noch in Französisch geschrieben, die gab mir ein Kollege, der auf einem anderen Gebiet arbeitete, ich sollte die von ihm entdeckten Spinnen in meine Arbeit mit einbauen.

Tja, ob ich diese Traumarbeit je vollenden werde?

Wer weiß!

Leben am seidenen Faden

Bin nun seit langem mal wieder in der Bibliothek der Universität zu Besuch. Dort sitzt eine Studentin und liest in einem populärwissenschaftlichen Buch über Spinnen. Ja, das ist der Stern / Kullmann mit dem Titel *Leben am Seidenen Faden.* Dann entdecke ich im Weggehen, dass da auf dem jetzt aufgeschlagenen Titelblatt noch ein dritter Autor steht. Dann muss es ja eine überarbeitete Neuauflage sein. Sollte ich doch mal reinschauen.

Ich mache kehrt, setzt mich zu ihr an den Tisch und erkläre, dass der Titel der ersten Auflage dieses Buches von Spinnenforschern immer falsch zitiert würde, da damals auf dem Frontcover Kullmann als erster Autor stand, auf Seite 3 innen jedoch Stern, und diese Haupttitelseite maßgeblich sei. So hätte ich es als Buchhändler gelernt.

Dann drehe ich mich im Davongehen noch einmal um und bitte sie, nach den Textstellen über *Pisaura mirabilis* zu sehen, der Spinne mit dem Brautgeschenk. Da könnte ja in der Neuauflage etwas Neues über sie drinstehen, das ich in die zweite Auflage meiner Monografie reinschreiben sollte.

Zwanzig Jahre nachdem ich die Universität verließ träume ich noch immer von ihr, und nicht nur von einer wissenschaftlichen Arbeit, sondern von meiner Fortbildung und »meinen« Spinnen.

Aufgespießt

Ich will auch noch den Folgekurs belegen.

Doch mein Vater meint: »Den zahle ich nicht.«

Also wiederhole ich eben den ersten, denke ich so bei mir und befinde mich auch schon im Kurssaal unter vielen unbekannten Gesichtern.

Da spricht mich der Kursleiter, der mich sogleich erkennt, an und meint: »Verehrter Herr Olsen, eine Wiederholung bringt Ihnen ja wohl gar nichts. Zudem sind die Plätze beschränkt, und die Nachfrage ist groß.«

Aha, auf diese Art also wirft er mich raus.

Ich gehe ins Erdgeschoss runter, um mich abzumelden, finde aber das entsprechende Zimmer nicht mehr. Also gebe ich auf, gehe einfach wieder nach Hause.

Unterwegs dann fällt mir ein, dass ich ja den ersten Kurs noch gar nicht bezahlt habe.

In meiner Wohnung angekommen will ich eine Fernsehsendung von einem Privatsender aufnehmen und dabei gleich die Werbung rausschneiden.

Ach ja, Freund Michael ist zu Besuch.

Doch macht er heute nur Blödsinn, kippt seinen Tee einfach so mit viel Schwung aus – eine Riesensauerei!

Das reicht, ich schmeiße ihn raus.

Dann kümmere ich mich weiter um meine Aufnahme, habe ja nun Muße genug.

Doch plötzlich fällt mir ein, dass im Wohnzimmer noch weitere Besucher sitzen, die ich gänzlich vergessen habe. Da sollte ich mich schleunigst blicken lassen, Aufnahme hin, Aufnahme her. Es handelt sich übrigens um den zweiten Michael, mit dem ich einst Biologie studierte und an Sonntagen Skat spielte. Jetzt ist er hier mit seiner Frau.

Wir unterhalten uns über dies und das.

Schließlich wollen beide noch mal auf die Toilette, bevor sie den weiten Weg nach Hause fahren.

Ich höre das Wasser im Spülkasten laufen und laufen und laufen.

Soll ich mal klopfen, mich gar reinwagen oder sind die beiden schon gegangen? Und was ist mit der Spülung? Ist die nicht mehr dicht oder hört das doch noch auf?, frage ich mich, der ich in meiner Wachwelt gar keinen besitze.

Dann entdecke ich eine seltsame Sache unterhalb des Fensters mit den Blumenkästen rechts neben dem Waschbecken an der Wand. In circa einem Zentimeter Abstand sitzen dort auf fünf Zentimeter langen Stielen perfekt in einem Quadrat angeordnet in Fünferreihen 25 kleine Tiere - alle mit dem Bauch nach oben. Sanft schwanken sie im Wind. Es scheint, als seien sie aufgespießt worden, von wem auch immer. Oder sie sind festgewachsen, von einem Pilzfaden durchdrungen, hängen jetzt dort tot herum und werden vom Pilz langsam verzehrt?

Das alles frage ich mich im Bruchteil von Sekunden, gehe auch schon näher heran, schaue sie mir an.

Aha, die leben ja noch, bewegen jetzt ihre Beine ein wenig. Vielleicht häuten sie sich gar, was ihre Rückenlage erklären würde.

Es handelt sich übrigens um braungelbe Grillen, Heimchen dürften es sein, aber auch Spinnen gleicher Färbung.

Etwas oberhalb hängt sehr lose wie an einem Faden, doch es ist ein Pflanzenzweig, der ihn hält, ein unten offener, kreisrunder Plastikbehälter, in dem eine »meiner« Brautgeschenkspinnen munter hinunterklettert.

Will die jetzt etwa auch raus und den anderen Gesellschaft leisten?, frage ich mich.

Kamen auch all die anderen Insekten und Spinnen aus diesem kleinen Behälter?

Kaum vorstellbar.

Entflohen sie mir alle, um jetzt und hier so zu enden?

Diese Fragen stelle ich mir im Traum.

Und in die Wachwelt zurückgekehrt, in der die Dinge und Wesen ein wenig anders sind, werde ich wohl niemals Antworten erhalten.

Wasserbewohner

Platsch. Kaltes Wasser ins Gesicht.

So wird man munter und findet sich wieder in der realen Welt, was auch immer man darunter verstehen mag.

Doch kann man wirklich sicher sein?

Denn Wasser gibt es auch in Träumen.

Und erst in den feuchten Träumen …

Kiemenatmer

Kleine Alltagsmenschendinge warten auf mich. Zum Beispiel krabbelt eine große Spinne einfach so dort oben auf meinem Bücherregal entlang.

Aha, denke ich, da ist mir wohl eine von meinen Vogelspinnen entflohen.

Und schwupps, habe ich sie auch schon mit der Hand erwischt und ins Terrarium zurückgesetzt.

Dann kommen mir doch Bedenken: Sah sie nicht ein wenig seltsam aus?

Also schaue ich sie mir noch einmal näher an.

Ja, hier sitzt sie nun an einer Pflanze mit dem Kopf nach unten. Und sie unterscheidet sich nicht nur in der Körperzeichnung, sondern auch in der Gestalt erheblich von meinen auf der anderen Terrarienseite sitzenden Spinnen. Also gehören die frisch gefangene und die eingesessenen zwei verschiedenen Arten an. Und eine wird die andere erbeuten und verspeisen, denke ich noch, da sollte ich die Neue doch besser wieder rausholen, vielleicht auch noch die anderen voneinander isolieren, damit am Ende mehr als eine überlebt. So weit, so gut. Ich will zur Tat schreiten, greife hinein, da - was ist denn das?

Wasser! Also leben diese Spinnen gar nicht in einem Terrarium, sondern in einem Aquarium, das zwar keinen Deckel mit Leuchte besitzt, aber doch mit einer Glasscheibe abgedeckt und bis zum Rand mit Wasser gefüllt ist. Sie sitzen alle untergetaucht, von Auftrieb keine Spur, sind zudem putzmunter, als wären sie ganz in ihrem Element.

Und ich frage mich, wie sie überhaupt atmen können. Haben sich etwa ihre Buchlungen in Kiemen verwandelt?

Sollte wohl doch sicherheitshalber etwas Wasser ablassen. Dann könnten sie oben Luft holen, falls sie doch durch »Lungen« atmen sollten. Weniger ist ja öfter, vielleicht auch hier beim Wasser, mehr.

Die Spitzmaus

Meist bin ich bei mir Zuhause allein, was Menschen betrifft. Einpersonenhaushalt nennt sich so etwas.

Jetzt aber sind Besucher gekommen.

Ich führe sie in der Wohnung herum und zeigen ihnen stolz meine Haustiere. Also nehme ich auch den Deckel des kleinen Aquariums ab, schaue als erster hinein.

Ganz oben direkt vor meinen Augen sitzen die beiden Spinnen. Ja, sie sitzen natürlich nicht wie Menschen auf ihren Hintern, sondern stehen sich auf allen Achten gegenüber - er und sie.

Jetzt packen sie sich.

Nein, nicht mit den Giftklauen. Sie hat ihn nicht erbeutet, sondern tastete sich mit ihren ausgestreckten Vorderbeinen zu ihm nach unten.

Und er ist nun ruckend unter sie geglitten.

»Schaut!«

Rhythmisch schwillt die Tasterblase auf und ab. Ein Taster ist in eine ihrer beiden Geschlechtsöffnungen vorne auf der Bauchunterseite eingeführt. Jetzt wird Sperma übertragen.

Alles läuft gut und ist auch deutlich zu sehen. Es ist »meine« Spinnenart – *Pisaura mirabilis* – also muss da auch ein Brautgeschenk zwischen den beiden sein. Sie müsste daran saugen, während er sie begattet, denke ich.

Doch ich kann einfach keine dicht weiß umsponnene Beute, kein Brautgeschenk entdecken.

Ich wache auf und wundere mich, dass alles unter Wasser stattfand, oben dicht an der Oberfläche zwar, aber doch *unter* Wasser.

In der Welt der Wachenden lebt die Brautgeschenkspinne in der Krautschicht auf Wiesen, auch in Häusernähe auf Ödlandflächen oft unbemerkt und gut versteckt. Das ist sicher.

Doch, verwandte Arten anderer Gattungen, wie die Gerandete Jagdspinne *Dolomedes fimbriatus*, leben als Erwachsene am Wasserrand, können auch auf der Oberfläche schwimmen, wo sie Beute fangen, und sich tauchend unter Wasser verstecken. Doch auch ihre Paarung findet im Trockenen statt.

Und Wasserspinnen?

Ja, es gibt tatsächlich eine Spinnenart, die unter Wasser lebt. Es ist die Wasserspinne *Argyroneta aquatica*, die eine selbst hergestellte luftgefüllte Taucherglocke bewohnt.

Und wo paart sie sich?

Natürlich in einer luftgefüllten Glocke.

So ist es in der Welt der Wachenden: Unter den Gliederfüßern, den Arthropoden, bewohnen Spinnen, Tausend- und Hundertfüßer sowie Insekten bis auf Ausnahmen und Larvenstadien das Land, die Mehrzahl der Krebse Süßwasser und Meer.

Ich aber, oh je, bin ja gar nicht wach, sondern schlafe und träume noch immer diesen Spinnentraum. Also ist alles *hier* vielleicht ganz anders.

Vor meinen Augen paaren sie sich noch immer. Ja, das kann dauern bei dieser Art. Bei anderen ist alles in Sekunden vorbei. Doch nicht bei ihr. Da fragt sich der Laie und auch der Wissenschaftler: Wieso eigentlich?

Und dann geschieht alles so blitzschnell, dass ich es erst gar nicht kapiere. Plötzlich zerfallen beide in zwei Teile, sinken noch zuckend, und doch vielleicht schon tot zu Boden.

Was, was, was?, staune ich und sehe etwas davonsausen, versuche es zu fangen, das kurz verharrt, dort oben am Behälterrand, lange genug, um es, um sie zu erkennen, Zeit genug, um meine Finger davonzulassen, aus Angst vor ihren scharfen Zähnen. Es war, es ist, sie ist eine Spitzmaus. Wasser- oder Sumpfspitzmaus?, das ist hier die Frage, die andere Frage. Denn die eine Frage der Fragen lautet hier wie überall: Sein oder Nichtsein? Sein für sie, Nicht-Sein für die Spinnen. *Die* also biss meine Spinnen während der Paarung mitten durch. Deshalb, daher, so also ist das. Ein Feind mehr in der langen Liste, denke ich, könnte ja in die Neuauflage meiner Monografie mit dem Titel *Die Spinne mit dem Brautgeschenk* rein.

Rein? Die muss doch irgendwie in meine Wohnung gekommen sein.

Also sollte ich doch besser den Deckel oben auf dem Aquarium lassen, nicht nur wie bisher, damit die Spinnen drin bleiben, sondern jetzt auch, damit kein Feind hineinkommen kann.

Ich wache auf und schreibe den Wasserspinnentraum auf. Draußen gießt es in Strömen.

Liefen deshalb meine Traumterrarien voll?

Ja, so mag es gewesen sein.

Der Kellerbach

Bisweilen stehen auch Keller unter Wasser. Denn das strömt von außen oben nach unten oder drückt von unten nach oben durch.

Hier und jetzt jedoch ist alles anders. Wasser fließt ständig im Keller, wo der neue Mitbewohner - halt, da ist ja noch einer - wo die beiden neuen Otter untergebracht sind. Die toben da rum und erforschen die Umgebung. Noch etwas scheu sind sie ja, lassen mich nicht näher ran, verstecken sich hinter Steinen. Das wird sich schon mit der Zeit geben, denke ich, gehe hoch in die WG, unsere Wohngemeinschaft, und frage Jochen, ob das denn mit dem laufenden Wasser sein muss. Da werden wir ganz schön hohe Nebenkosten haben.

»Ja«, meint der.

»Dann werde ich mir wohl eine eigene Wohnung suchen müssen«, antworte ich. Und damit ist das Gespräch zu Ende.

Bin wieder in meinem Zimmer, schaue mich um und werde mir der mit Büchern und Ordnern vollgepackten Wände ringsum erstmals so richtig bewusst.

Und da will ich einfach so aus- und umziehen? Was für ein Arbeitsaufwand das wäre! Bequem wie ich bin, kommt mir der Gedanke, dass ich vielleicht doch bleiben könnte.

Irgendwann gehe ich wieder runter in den Keller und erblicke jetzt in der Ecke des nächsten Raumes eine riesige Spinne.

Keine Gefahr, die müsste ja im Netz bleiben, denke ich, während sie ständig zu wachsen scheint.

Also behalte ich sie doch lieber im Auge.

Vor meinen Füßen liegen gekräuselte Fäden. Achtung Verstrickungsgefahr!

Hier unten auf dem Boden scheint nirgendwo eine Spinne zu sein. Dann gehört das Gespinst sicherlich zur großen Spinne dort oben.

Links in einem kleinen Raum sehe ich im Vorbeischleichen eine gigantische Springspinne. Die scheint erfreulicherweise auch nicht an mir interessiert. Ich will ihr auch nichts tun. Also gibt's wiederum kein Problem. Leben und leben lassen. Schön.

Bei den Ottern fließt noch immer Wasser ins Becken und wieder raus in die Kanalisation.

Ich gehe wieder hoch.

Oben in der WG läuft im Nebenzimmer ein Film: Peter auf der Exkursion in Ostasien - Laos.

Nein, noch ist er in keiner Höhle und hat seine Riesenkrabbenspinne noch nicht entdeckt, sondern fährt im Augenblick auf einem Boot einen Fluss hinunter.

Günter will, dass er ihm eine Spinne mitbringt. Er beschreibt sie so: Vor einem Angriff hebe sie ihr erstes Beinpaar.

Nun, das tun ja fast viele, denke ich, doch anscheinend sagt er ihm noch mehr, was ich bei diesem Wasserfallgetöse einfach nicht verstehen kann.

Da wird er wohl Steine und Hölzer rumdrehen müssen, denke ich und gehe in die Küche, wo Teller voller Köstlichkeiten aufgestapelt sind.

Ich schaue sie staunend an und murmele einem der Mitbewohner zu: »Ja, das ist der kleine Unterschied zwischen arm und reich. Und zu Letzteren gehöre ich nun einmal nicht.«

Ich wache auf, und alles ist klar. Einen Keller hat das Haus, in dem ich wohne, der aber ist otterfrei. Wassergeld zahle ich fix mit der Miete. Die Zeit der Wohngemeinschaft, ohne Jochen, doch mit einem Deutschen und einem Indonesier, ist längst vorbei. Den Jochen, von dem ich träumte, gab es und gibt es wohl noch immer. Er studierte einst mit mir Biologie. Peter und Günter leben auch noch. Und allen ist gemeinsam, dass ich sie ein wenig kennenlernte, den einen hier, die anderen dort.

Was man sich also alles so zusammenträumt, Jahrzehnte, Jahre später.

Ist aber nicht so schlimm. Träume sind ja bekanntlich Schäume. Oder doch viel mehr? Schließlich sind sie lebensnotwendig, denn in ihnen werden Erlebnisse, Erinnerungen, Probleme auf- und umgearbeitet - aus diesem Leben und vielleicht auch aus vorherigen, wenn es denn Reinkarnationen gibt.

Tja, und nun kommen wir zum Kapitelschluss und stellen uns die Frage: Was haben Zwergspinnen und Zahnärzte gemeinsam, abgesehen einmal vom »Z« am Anfang?

Ganz einfach, die einen besuchten mich, den anderen besuche ich - von Zeit zu Zeit.

Ein Zwergspinnenmann beim Zahnarzt

Da klettert ja ein Spinnenwinzling auf meiner Hand.

Kam wohl gerade erst am Faden geflogen, landete kurz und ist auch schon wieder unterwegs. Keine Ruhe, kein Verweilen, selbst die Kleinsten unter den Kleinen haben es heutzutage ja *so* eilig.

Doch traf ich nicht schon einmal so einen von diesen Zwergspinnenmännern?

Ja, jetzt erinnere ich mich wieder. Das war beim Zahnarzt.

Ich sitze da also im Wartezimmer und sitze und sitze noch immer, werde einfach nicht aufgerufen.

Jetzt reicht's mir aber, ich geh jetzt zu dem Fräulein rein und beschwere mich.

Doch kaum bin ich aufgestanden, geschieht es, ganz nach dem Sprichwort: Wenn man den Teufel nennt, kommt er auch schon gerennt. Doch nicht Gottseibeiuns ist es, sondern der Zahnarzt, der da ins Wartezimmer stürmt und ein künstliches Gebiss mit ein paar integrierten Teilen auf den Tisch mit den Zeitschriften knallt: »Hier sind Ihre Zahnteile! Der Kollege soll sie einsetzen.«

Sagt's und ist auch schon verschwunden.

Ich bin baff. So was ist mir noch nie passiert. Hat der Mann keine Lust zu arbeiten? Verdient er zu wenig an mir? Oder hat er von mir die Schnauze voll? Was habe ich ihm nur angetan? Dabei bin ich mir doch gar keiner Schuld bewusst.

Wieder will ich empört reinstürzen, da müsste ich allerdings erst mal klingeln, so einfach geht das nicht, da öffnet sich erneut die Tür, und ein Bekannter taucht auf.

Ich schaue mich um.

Von einer Praxis keine Spur. Ich befinde mich draußen in der Natur. Mein Gebiss habe ich bei mir. Es ist Dienstag. Am Wochenende will ich wieder nach Hause fahren. Ja, ich studiere hier. Doch was für ein Fach mag es wohl sein, wenn ich schon so alt bin, dass ich ein Gebiss tragen muss?

Andererseits können sich ja auch Senioren weiterbilden. Oder verlor ich in jungen Jahren schon all meine Zähne?

Wir sollen in den nächsten Tagen die erste und einzige Prüfung haben. Es würden viele durchfallen. Doch die sie bestehen, für die bestehe Hoffnung, dass sie ihr Studium hinbekämen, hörte ich flüstern.

Nun gut, wie auch immer, hier krabbelt ein kleines schwarzes Tier auf meinem nun im Gras liegenden Gebiss herum. Das ist ja, ich gehe näher ran und schaue es mir an, ein Zwergspinnenmann. Klar als männlich an seinen verdickten Tasterenden zu erkennen, d. h. so klar war es zunächst gar nicht. Zunächst hielt ich ihn für eine kleine Wolfsspinne. Jetzt, wo ich sehe, dass mein Gebiss in ein unregelmäßiges Gespinst eingewebt ist, wird mir klar, dass es sich nur um eine Baldachinspinnenart handeln kann.

Im Wachzustand weiß ich natürlich, dass ein Spinnenmann, wenn er nicht gerade zu einer Krabbenspinnen- oder Raubspinnenarten gehören sollte, außer Spermanetzen gar keine Gespinste fertig, weil er nur das eine im Sinn hat, nämlich Sex mit Spinnenfrauen.

Es beginnt zu regnen.

Jetzt gießt es schon in Strömen. Nichts wie wieder rein in die Praxis. Und das Gebiss nicht vergessen. Soll ja noch eingesetzt werden.

Wahrhaft albtraumhaft scheint mir das Ganze nun: Ich will meine Schuhe anziehen, Turnschuhe, um nicht vollständig durchnässt zu werden, obwohl es dafür ohnehin bereits zu spät ist. Meine Schuhe finde ich jedoch erst gar nicht. Da stehen nur viele Paare von offenen Holzschuhen, wie man sie in Holland einst trug und gelegentlich noch trägt. Dann suche ich mir halt hier welche aus. Gut gedacht, aber die scheinen mir alle etwas klein geraten zu sein, oder anders formuliert: Meine Füße sind *sehr* groß.

Ich öffne meine Augen. Ich bin wach. Es ist warm. Also haben wir Sommer. Nun ja, ein warmer Frühlings- oder Herbsttag könnte es ebenso sein. Und dann gibt's ja neu-

erdings warme Tage im Winter hierzulande - »globale Er-
wärmung« lautet das Stichwort.

Also sitze ich noch immer hier im Kneipenhof und trinke
nun wieder einen Schluck Hefeweizen?

Nein! Das kann doch nicht sein. Wie bin ich denn nur
hier hineingeraten? Hänge voll drin, eingesponnen, doch
nicht irgendwo abgelegt und konserviert als Nahrungsvorrat, sondern einfach nur mittendrin in einer Decke aus
Seide. Es ist, als wäre ich ein Blatt, etwas, das zufällig ins
Netz geraten nicht entfernt, sondern übersponnen wurde.
Deshalb lebe ich wohl noch.

Doch wie auch immer, ich hänge im gigantischen Radnetz einer Spinne. Und nichts geschieht.

Noch geschieht nichts.

Denn ich weiß, *sie* wird ihr Netz verzehren, und was
genießbar ist, das isst sie mit.

Gottlob, ich bin erwacht. Es war nur ein Traum, ein Tag-
traum, mehr nicht. Mit offenen Augen sitze ich noch immer
hier bei meinem Bier und nehme auf den Schreck hin erst
mal einen kräftigen Schluck.

Vogelspinnen

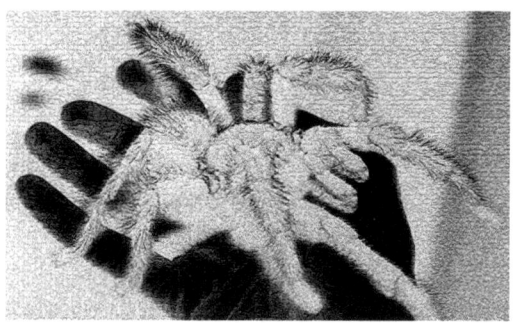

»Alpha« sollte hier für den ersten Text eines Vogelspinnenabenteuers stehen. Und mit »Omega« sollte dann alles enden. Doch wie alle deutschsprachigen Menschen wissen, beginnt unser Alphabet nun einmal mit »A« wie Anfang und endet mit »Z«. Und natürlich sollte die goldene Mitte - zumindest alles, was dazwischen kommt, wenn es denn nicht so leuchtend und überragend ist - auf keinem Fall vergessen werden. Und nun beginnt alles weder mit einem einfachen »A« noch mit dem Anfang an sich, sondern mit einem leisen.

»Aha«

Aha, diese hier sitzt ruhig auf meiner Hand, d. h. einst tat sie es, als sie noch lebte. Denn jetzt ist sie tot, und alles, was von ihr blieb, ist ein Körper in einem Plastikbehälter mit Alkohol und Fotografien - von ihr und mir. Erinnerungen werden wach:

So eine Vogelspinne mittlerer Größe, eine halb ausgewachsene *Lasiodora parahybana*, auf nackter Haut von der Hand über den Arm die Brust hinaufkrabbeln zu lassen, das hat schon was.

Und dann bleibt sie irgendwann auf meinem Oberarm sitzen.

Warum?

Wohl nicht, weil sie mich so liebt, sondern einfach, weil

es dort für sie schön warm ist, denke ich. Doch was weiß ein Mensch schon davon, was Vogelspinnen denken und fühlen.

Ist aber ein ziemlich kratziges Gefühl. Denn sie ist schwer und besitzt an den Fußenden Krallen. Bei zwei Krallen pro Fuß und acht Füßen macht das ... sechzehn handfeste Gründe für den Nichtkenner und Phobiker ob der zahlreichen »Bisse«, die keine Bisse sind, aufzuschreien, dieses »Monster« abzustreifen, um sich zu schlagen, um Hilfe zu rufen, in Ohnmacht zu fallen oder aber zur Salzsäule erstarrt auf Hilfe zu warten.

Ich aber bin ja ein Spinnenfreund. Also fotografiere ich mich mit ihr im Spiegel, fotografiere sie auf meiner Hand und setze sie wieder zurück ins Terrarium - ihr Heim.

Altbau

Dort oberhalb der Gardinenstange unter der Decke links in der Ecke, ganz weit dort oben, wo selbst du mit deinen fast 1,90 m und deinen langen Armen ohne Leiter nicht hingelangen kannst, denn die Zimmer in deiner Wohnung sind hoch, dort oben sitzt groß und schwarz eine Vogelspinne.

Du siehst sie und schreist – nicht. Denn du liebst Tiere jeder Art, denn du hältst ja selbst Vogelspinnen. Du vermutest stark, dass es ein ausgewachsenes Exemplar einer *Lasiodora parahybana*, einer der größten Arten ist, für Menschen gänzlich harmlos, was Beißlust und Giftigkeit betrifft, von den Brennhaaren am Hinterleib einmal abgesehen.

Wie ist die mir nur durchgebrannt?, überlegst du noch, stehst auf und gehst rüber, schaust ins Terrarium auf dem Küchenschrank. Da sitzt sie drin und auch er, der Spinnenmann, befindet sich im Nachbarbehälter. Beide sind dort, wo sie waren, wohin sie gehören.

Du kehrst ins Wohnschlafzimmer zurück und fragst dich, woher dann die dort oben wohl kommen mag. Vielleicht ..., denkst du, drehst dich im Kreis, schaust ringsum und entdeckst in der anderen Ecke noch eine weitere.

Sollten sich etwa die jüngst entflohenen Jungen so schnell entwickelt haben? Wenn ja, wovon haben sie sich dann ernährt?

Oder rast die Zeit so schnell dahin und Monate vergingen im Flug, seit sie dir entkamen?

Wie auch immer, Handeln ist angesagt, denn die zuerst Entdeckte krabbelt schon Richtung Bücherwandregal davon. Dahinter wird sie schwer zu erwischen sein. Eile tut jetzt Not. Da heißt es, auf die Schnelle eine Plastikbox zu finden, die Leiter zu holen und sie einzufangen, bevor sie sich verstecken kann.

Und du wachst auf aus deinem Traum.

Und in der Nichttraumwelt, die wir Menschen Realität nennen und die sich doch in jedem Wesen anders spiegelt, hier draußen sitzen bei Tag hinter Schränken in den Ecken und hinter dem Küchenspiegel lediglich kleine langbeinige heimische Zitterspinnen, die so heißen, weil sie am Faden hängend ihren Körper vibrieren lassen, wenn man sie anpustet, sie sich also bedroht fühlen und die die ordentliche Hausfrau gar nicht liebt, auch wenn sie keine Spinnenangst hegt, denn sie hinterlassen unter der Decke lange Fäden. Auch werden sie mit ihren spindeldürren Beinen oft mit Weberknechten verwechselt.

Dann lebt da noch eine Fettspinne hinter dem Küchenspiegel, die klein und nachtaktiv ist und sich am Morgen nur durch ihr nächtliches Gespinst verrät.

Stimmt, Vogelspinnen hältst du auch in dieser Nichttraumwelt. Doch die sind alle in ihren Terrarien, so wie es sich gehört.

Am Dachfenster

Ich habe das kleine Fenster in meinem Zimmer unter dem Dach geöffnet, liege auf meinem Bett darunter, schaue empor und sehe die Vorderbeine einer großen schwarzen Vogelspinne dort oben draußen über mir..

Da ich hier in Deutschland wohne und derzeit kein Tropenklima herrscht, ist die wohl irgendwo und irgendwem, vermutlich mir entfleucht.

Draußen ist es kalt geworden, im Zimmer wärmer. Da müsste sie, wenn sie noch nicht ganz erstarrt ist, eigentlich von selbst ins Warme kommen. Also heißt es einfach abwarten. Früher oder später kommt sie von ganz allein zu mir zurück, denke ich.

Sie tut es tatsächlich.

Ich fange sie ein und träume einen anderen Traum von kleinen weißen Monstern mit messerscharfen Zähnen, die Vampire der herkömmlichen Art wirklich alt erscheinen lassen.

Auf der Börse

Bin mit meinem eigenen Stand als Händler auf einer Vogelspinnenbörse. Meine Spinnen habe ich alle in kleinen Plastikterrarien untergebracht. Nicht nur Erwachsene sitzen da ruhig, auch Junge klettern drin herum und ...

»Termitensoldaten«, meint irgendwer.

Tatsächlich da sind ja gigantische Nasutis in der Größe meiner Vogelspinnen.

Beute sind die sicherlich nicht.

Leben hier bei mir etwa Spinnen und Termiten friedlich zusammen?

Kaum vorstellbar.

Dann ist da auch noch eine kleine Frau, nicht sonderlich hübsch. Doch wir kommen uns sehr nah am Stand, kuscheln ein wenig und küssen uns.

Wie viele Jahre vergingen seit dem letzten Kuss!

Und geschähe es auch nur in einem Traum, so ist es doch geschehen und niemals ungeschehen zu machen.

Rasend verfliegt die Zeit. Schon ist alles vorbei. Ich bin wieder zu Hause, irgendwie hierhergelangt.

Da läuft es mir heiß und kalt über den Rücken, sehe ich das Malheur: In meiner Wohnung steht gar kein Bett mehr. Oh je, das ist noch auf der Ausstellung, fällt mir siedend heiß ein. Auch ein Stuhl und die Spinnen sind dort zurückgeblieben. Letztere muss ich wiederhaben. Vielleicht bringen mir Schwester und Schwager jetzt wenigstens das leer gewordene Bett vom verstorbenen Vater vorbei.

Bisse

Jetzt steht es eins zu eins - für hier und dort -
für Tag und Nacht.

Die Hand

Denn einmal biss mich ein Baumvogelspinnenmann der bekannten Gattung *Avicularia* und der Art *huriana* in den Finger. Und das geschah in der Nacht, ich war noch wach:

Ich wollte *ihn* zwecks Paarung zu *ihr* setzen.

Er jedoch bewegte sich nicht von der Stelle.

Da wurde es mir zu bunt und ich versuchte, ihn durch Hochziehen von meiner Hand abzulösen.

Doch da machte er nicht mit, sondern hielt sich mit seinen Hafthaaren an den Füßen seiner acht Beine fest, die ich ihm nun mal nicht ausreißen wollte.

Als ich dann meine linke Hand von vorn unter ihn schob, um ihn loszuhebeln, biss er mir blitzschnell in den Finger.

War aber weiter nicht schlimm, etwas Jodersatz drauf, schwoll auch nicht weiter an. Das war's auch schon.

Sein Gift scheint harmlos für Menschen zu sein. Vielleicht gab er ja auch nur wenig oder gar kein Gift ab, hatte keins mehr, wer weiß? Denn er war wohl schon altersschwach, verstarb einige Wochen darauf.

Flüchtlinge

Das andere Mal geschah im Traum: Die schlanke Vogelspinne, die ihr Gespinst oben in den Bäumen von Trinidad webt oder aber in der obersten Ecke des Terrariums in meinem Zimmer und den wunderschönen Namen Psalmendichter – *Psalmopoeus* - trägt, entflieht.

Ich suche sie und sehe sie schließlich dort oben unter der Decke mit allen Achten, die weit zur Seite stehende Haare besitzen, wie ein Kolibri in der Luft stehend an einem Ort flattern.

Was für ein Anblick!

Doch ist das nur das *eine* Bild.

Denn da ist auch noch die Suche nach der bodenbewohnenden Vogelspinne, die ebenfalls entflohen ist. Die müsste unter dem Regal oder hinter dem Ofen sein.

Und da diese Art garantiert nicht beißt, greife ich ohne hinzusehen zu. Und da hat sie ..., nein, da habe ich sie auch schon erwischt. Doch *die* scheint mir viel zu klein zu sein. Ist es etwa eine ganz andere, die mir einst vor langer Zeit entfloh? Wie viele Spinnen laufen oder sitzen denn hier noch in meiner kleinen Zweizimmerwohnung mit Küche herum? Ich setze sie ins Terrarium, schließe den Deckel, sicher ist sicher. Dann suche ich weiter, taste wiederum blind unter dem Regal auf dem Boden entlang, habe sie und ziehe sie herauf.

Da ist sie, so groß wie meine Hand.

Ich spüre den Schmerz und schaue hinab.

Sie hat sich richtig festgebissen.

Versuche, sie wegzuziehen.

Geht nicht.

Zerquetschen will ich sie nicht.

Außerdem lässt sie dann bestimmt nicht los, denke ich und ... wache auf und frage mich: Was war denn das?

Ich, der ich Spinnen liebe, keine Angst vor ihnen habe und nur einmal ganz kurz gebissen wurde, träume solch einen Horrortraum.

Aber war es denn Horror?

Nein! Denn ich hatte keine Angst, schrie nicht, auch wenn es schmerzte.

Tat es das überhaupt?

Kann mich schon gar nicht mehr daran erinnern.

Und so war es gut, denn ich hatte weder Schmerzen, noch litt ich am Gift. Sie aber mag weiterleben in fernen Traumgefilden, wo wir uns in welchen Körpern auch immer wiederbegegnen werden. Doch nicht nur sie allein. Auch die anderen Spinnen dieser Welt, in der das Buch existiert, das du in deinen Händen hältst, verfolgen dich bis in deine

Träume. Oder aber sie wohnen dort und hier zugleich, wie auch du und ich. So sind wir also alle in zahlreichen Welten zu Hause.

Ameisen

Ich besuche einen Typen an der Universität, der über Spinnen arbeitet. Beim Herausgehen frage ich ihn noch, wofür er seine Arbeit mache – Examen, Diplom, Doktor?

Schließlich fahre ich mit dem Bus nach Hause.

Da sehe ich am Straßenrand eine Gruppe von Leuten mit Vogelspinnen auf den Händen. Das muss ich mir näher ansehen. Interessiert steige ich an der nächsten Haltestelle aus, gehe die paar Schritte zurück, umrunde sie, sehe und verstehe nun aus der Nähe - auch nicht mehr.

Sie halten jetzt außer Spinnen auch noch Bücher und andere Tiere hoch.

Was ich noch immer nicht weiß: Wollen sie all diese Lebewesen und Dinge verkaufen? Oder locken sie damit nur Besucher an, um dann was mit ihnen zu tun?

Ich brauche ja gar keine Spinnen, fällt mir plötzlich ein und wundere mich schon, dass ich ausgestiegen bin. Also gehe ich weiter, lehne mich schließlich an einen Baum, an dem Ameisen hoch- und runterklettern. Jetzt wechseln sie ihren Pfad, laufen an meinen nackten Unterschenkeln hoch, denn ich trage kurze Hosen, es ist ja schließlich Sommer, und fangen an, sich dort zu verbeißen.

Ich springe auf und schüttle sie ab und schaue mir die am Stamm kletternden Ameisen näher an und entdecke Erstaunliches. Denn mitten unter ihnen befindet sich eine schlanke heimische Spinnenart der Gattung *Tibellus*.

Der scheinen die Ameisen nichts zu tun.

Mir tut sie auch nichts.

Schön.

Der Traum ist aus. Ich wache auf. Der Tag beginnt.
Der Tag vergeht.
Ich lege mich zu Bett. Ich schlafe ein und träume.

Verreisen

Ich leere den Eimer mit meinen Zierfischen im Teich aus. Da fällt mir ein, dass ich doch noch immer da irgendwo eine *Psalmopoeus* auf meiner Jacke sitzen habe. Biss die mich vorhin etwa auch?

Wie auch immer, jetzt habe ich das Problem, dass mich nicht sie, sondern eine große schwarze Vogelspinne voll in den Finger gebissen hat.

Ich versuche, sie abzuziehen.

Sie aber lässt einfach nicht locker.

Ich stupse sie von hinten an.

Da lässt sie endlich doch noch los.

Mir wird schwindlig.

Dabei kann doch ihr Gift gar nicht gefährlich sein, denke ich noch. Andererseits, wer weiß schon, wie es sich in Kombination mit all den Medikamenten, die ich einnehme, verhält. Doch schon ist der Schwindel vorbei. War wohl alles doch nur Einbildung.

Mir fällt ein, dass ich oben in der Wohnung ja noch viele weitere Vogelspinnen habe. Auch die müsste ich ja genauso wie die *Psalmopoeus* auf meiner Jacke und die schwarze, die mich biss, freilassen, wenn ich jetzt für lange Zeit verreise. Andernfalls müssen sie elendig verdursten.

Doch ich fahre weder für Wochen noch für Monate in die Südsee oder an die Pole.

Nein, auch bin ich noch nicht gestorben.

Ich wache einfach nur auf aus meinem Traum, verschlafen zwar mit verklebten Augenlidern in der trockenen Heizungsluft, doch gänzlich ungebissen.

Discountergespräch

In der Wachwelt gibt es Hunger und Durst. Also heißt es heutzutage und hierzulande in der Stadt, einen Supermarkt oder einen Discounter aufzusuchen.

Beim *LiDL* - so lautet der Name einer der beiden größten Ketten Ende des 20. und Anfang des 21. Jahrhunderts in Deutschland -, dort also in einer Filiale von mehreren in Kaiserslautern habe ich gerade die Kasse passiert, hole meine Ware aus dem tiefen Einkaufswagen, wobei ich mich ganz schön bücken muss, und packe sie in meinen Rucksack ein.

Da fragt mich ein kleines Mädchen, das im Nachbarwagen sitzt - dafür sind diese Riesenwagen wohl nicht gemacht und angeschafft, aber ganz schön praktisch -, fragt ganz spontan, offen und ehrlich, wie es kleine Kinder nun einmal tun, einfach so: »Hast du auch einen Hund?«

»Nein, Spinnen«, antworte ich.

Und ihr Vater fragt nach: »Echt?«

»Ja, Vogelspinnen.«

»Thekla«, erklärt er seiner Tochter.

»Meine sind aber nicht böse«, füge ich hinzu, denn ich weiß um die hinterlistige Spinne in Bonsels *Biene Maja* und packe eifrig weiter ein.

Intelligentes Leben?

Bin mit Bekannten bei einem Treffen an einem mir noch unbekannten Ort. Eine nette Frau ist auch unter ihnen. Vielleicht lernen wir uns ja näher kennen, denke ich.

Dann entdecke ich ein seltsames Wesen unter einer Wurzel im Wald, nein, nicht im tiefen, finsteren Urwald, den noch nie ein Mensch betreten hat, sondern hier am Stadtrand.

So etwas habe ich noch nie gesehen und ist mir zudem als Biologe gänzlich unbekannt.

Erst denke ich, dass da vielleicht eine gut getarnte Spinne sitzt. Doch so große dürfte es bei uns gar nicht geben. Zudem ist dieses Wesen einfach nur rund wie ein Ball - und wuschelig: mit einem von Moos bewachsenen Fell. Nein, so ganz ohne Beine ist es bestimmt kein Spinnentier.

Kaum gedacht kommt auch schon eine riesige Vogelspinne angekrabbelt.

Schnapp, schon hat dieses seltsame Wesen sie mit einem Biss gepackt und verschluckt.

Kurz sah ich Zähne aufblitzen.

Aha, also ist es ein Wirbeltier.

Vielleicht sogar intelligent?

Ich spreche es einfach mal in Deutsch an.

Das gibt's doch nicht. Es antwortet mir. So kommt es mir jedenfalls vor, allerdings verstehe ich kein Wort. Denn es benutzt eine mir gänzlich fremde Sprache, die nordisch klingt. Könnte schwedisch oder norwegisch sein. Deutsch spricht es also nicht. Vielleicht versteht es mich aber dennoch. Auch ich verstehe ja so manches Englisch, ohne selbst ein paar längere Sätze zusammenzubekommen.

Irgendwann gehe ich.

Unterwegs fällt mir ein, dass eine Frau ihren Kinderwagen mitsamt Baby in der kleinen Höhle ließ, wo ich die neue Art von Lebewesen entdeckte. Oje, wenn dieses mysteriöse Wesen jetzt nicht nur Spinnen, sondern auch noch kleine Menschenkinder verzehrt. Nichts wie zurück.

Ich schaue nach. Da ist kein Kinderwagen mehr. Gottlob. Auch meine Bekannte ist nicht mehr da. Es ist auch kein anderer Mensch mehr zu sehen. Gut, dann gehe ich wieder nach Hause.

Auf dem Heimweg fällt mir ein: Das könnte Probleme geben, wenn dieses neue Wesen sich rasant vermehren sollte. Falls diese neue Art – darüber bin ich mir plötzlich sicher und weiß nicht, wieso -, wenn sie so intelligent wie wir ist oder noch weiterentwickelt, dann gibt es sicherlich Streit, Kampf und Krieg um Ressourcen, Herrschaft und Macht. Am besten ich melde das Wesen jetzt gleich der UNO.

Kampf und Tod

Eine zur anderen

Sonntagmorgen ist's. Der Wecker ist ausgestellt. Und doch werde ich geweckt - von einem Zupfen rechts neben meinem Ohr.

Da war doch was. Was war denn das? Knabberte da was am Stoff?

Weil das, was auch immer es gewesen sein mag, mich weckte, erinnere ich mich an diesen einen Traum, der mir sonst sicherlich entfallen wäre:

Irgendwie und irgendwann sind sie aneinander geraten, die beiden großen Vogelspinnen zweier Arten, beides meine Haustiere.

Ich selbst habe die eine zu der anderen ins Terrarium gesetzt. Also ist klar, wer hier die Verantwortung trägt und schuldig ist.

Und jetzt kommt die größere, die Brasilianische Riesenvogelspinne mit wissenschaftlichem Namen *Theraphosa blondi*, eine der beiden größten und schwersten Spinnenarten der Welt, aus ihrem Versteck unter der Korkeiche heraus.

Die andere hier vorne ist auch ganz schön groß, ihr Name lautet *Lasiodora parahybana*.

Ich versuche, die beiden mit dem Lineal zu trennen, ehe sie sich ineinander verbeißen können, schiebe es so zwischen sie, wie es den Vogelspinnenhaltern empfohlen wird, wenn sie die über Jahre aufgezogenen Spinnenmänner bei aggressiveren Arten nicht gleich an die Spinnenfrauen ohne Paarung verlieren wollen.

Doch hier sind es ja zwei weibliche Spinnen, die noch immer nicht voneinander lassen.

Jetzt dreht sich *Lasiodora* um und streift ihre Brennhaare ab, der größeren Angreiferin entgegen.

Aha, denke ich verwundert, dachte, das würden sie nur

zur Verteidigung gegen Vögel und Säuger und einst auch Dinos tun.

Doch es nützt nichts. Sie wird von der größeren gebissen und stirbt.

Theraphosa hat gesiegt und beginnt ihr Opfer mit ihren kräftigen Chelizerengrundgliedern zu zerkauen, gibt Verdauungssäfte ab, saugt sie wieder ein und nimmt so das Beste von ihr in sich auf?

Nein, seltsamerweise hängt ihre Beute mit dem Unterleib an einer weißen Substanz fest.

Könnte Spinnenschei..., sorry, Spinnenkot sein.

Oder ist es gar Klebstoff?

Ich will sie davon säubern.

Da reißt sie auseinander.

Nur Teile bleiben, das Leben ist gegangen, denke ich und weine.

Dann weckt mich das Zupfen aus meinem Traum. Es ist Sonntagmorgen. Und in dieser so genannten realen Welt kann ich nirgendwo etwas entdecken, was da gezupft haben könnte.

Tja, so ist es überall, also nicht nur bei Spinnen: Die Großen (fr)essen die Kleinen.

Die Kleine

Oft weiß ich, was richtig und falsch ist. Und was tue ich, obwohl ich es besser weiß, ich tue trotzdem das Verkehrte.

Ich setze die kleine Vogelspinne der großen auf den Rücken und denke noch bei mir: Aber die Großen essen doch die Kleinen. Das kann ja nicht gut gehen, niemals bei Carnivoren, das sind Fleischesser, meist Fleischfresser genannt, denn angeblich fressen Tiere, während Menschen hingegen essen!

Und dann erinnere ich mich an »meine« beiden Rotwangenschmuckschildkröten, den kleinen Mann, wie lange er auf dem Rücken der großen Frau, die er mit zitternden Vor-

Die Leiche

Ein Wunder ist geschehen. Mein Vater ist hier bei mir.

Wie viel Zeit mag vergangen sein, dass wir uns das letzte Mal sahen?

Seltsam, denke ich nun, da ich alles niederschreibe, doch niemals in diesem Traum: Er ist tatsächlich an meinen Vogelspinnen interessiert, nimmt sich einen Kasten mit wimmelnden Jungspinnen und fragt, ob er die haben kann.

»Ja«, antworte ich.

Dann komme ich in meine Küche.

Da steht er doch am Herd und kocht sich was Leckeres in Topf und Pfanne.

Auch ich bekomme Hunger. Sollte ihn fragen, ob er mir was abgibt, denke ich und tue es nach einigem Zögern und Zaudern schließlich.

Auch er sagt ja.

Futtertiere für die Spinnen hätte er aber auch noch gerne.

Ich antworte, dass sich die Jungspinnen zunächst selbst dezimieren würden, da brauche er erst mal gar keine Grillen.

Und plötzlich wimmelt es in der Wohnung - nein, nicht von Heimchen, sondern von metallisch grün schillernden Goldfliegen. Solche erwarb ich vor vielen Jahren in einer Zoohandlung in Kaiserslautern als Maden, ließ sie sich verpuppen und verfütterte die geschlüpften Fliegen an meine Brautgeschenkspinnen, deren Verhalten ich an der Universität untersuchte.

Wo kommen die aber hier und jetzt her?

Ich schaue mich um und entdecke am Balkon ein zum Steingarten hinunterführendes senkrecht stehendes Rohr. Unten fließt ein Bach vorbei. Aus dem Rohr steigt grüner Rauch auf.

Sind das etwa giftige Chemikalien?, frage ich mich. Dann sollte ich wohl die Feuerwehr rufen.

derbeinen im Wasser anbalzte, beim Sonnen verbrachte.

Doch wird das auch bei Spinnen klappen?

Gut, Spinnenmütter vieler Arten tragen ihre Jungen auf dem Rücken, behüten sie in ihrer Wohnung, bringen ihnen Beute oder füttern sie sogar von Mund zu Mund, aber diese Kleine hier ist ja nicht das Kind der Großen.

Ich weiß es nicht. Ich habe es nie probiert. In diesem einen, meinem Traum tue ich es einfach, ohne lange nachzudenken, ohne Zögern und Zaudern. Ich tue es, und niemanden geschieht etwas - so lange ich dies träume.

Tod im Kampf als Beute oder Opfer, das ist das, was immer wieder geschieht. Tod aus Altersschwäche kommt draußen im Freiland seltener vor, doch häufiger in der Menschenwelt. Dann aber gibt es wiederum Dinge, die vielleicht niemals geschahen, die sich nur ein Dichterhirn ausgedacht haben mag. Dir aber will ich hier davon erzählen.

Schweigendes Lachen

Du willst wissen, wie sie starb?

Mag sein, dass es so geschah, mag sein.

Sie muss sich totgelacht haben, innerlich natürlich. Wie sollte es anders ohne Menschenmund und -wangen auch möglich sein?

Es geschah, als wir uns gemeinsam diesen Film mit dem Titel *Die Mörderspinnen* ansahen. Ungeheuer belustigend für einen Arachnologen, einem Spinnenforscher, der ich nun einmal bin!

Wir saßen also gemütlich bei mir im Bett, sie auf meiner Schulter, und glotzten interessiert in den Fernseher, das heißt, ich tat es.

Sie sah wohl nicht hin, sieht mit ihren acht Augen ohnehin nicht viel, Hell und Dunkel, Bewegungen, ja, aber sonst, wer weiß, wie viel ..., fühlte aber sicherlich die Luft- und Untergrundschwingungen im Raum. Vielleicht war es aber auch interspezifische Telepathie, die Übertragung von

Gedanken zwischen zwei Arten. So begriff sie dann doch, worum es ging.

Mag sein, dass es so geschah, mag sein. Oder auch nicht. Wie auch immer, jetzt ist sie jedenfalls tot, meine Freundin, die Vogelspinne.

So vergehen die Abende beim Fernsehgeflimmer, allein oder mit einem Glas roten Wein. Ihnen aber folgen die seltsamen Traumwelten der Nächte.

Und wirst du geweckt, so erinnerst du dich, sprichst es in ein kleines Diktiergerät und schreibst es auf, um es für deine Nächsten und die Nächsten von uns allen - die Nachwelt - zu konservieren.

Doch niemals erscheint es dann genau so, wie du es träumtest. Denn da sind nur Buchstaben auf Papier, keine Farben, keine Musik - waren da auch Gerüche?

Nein! Denn dein Wachbewusstsein, dein Tagesverstand bringt es doch wieder irgendwie in eine Form, die in deiner Traumwelt niemals bestand.

So viele Dinge sind geschehen, vor wenigen Augenblicken hinter geschlossenen Lidern, sind schon vergangen, verblassen schnell, jetzt, wo du aufgewacht bist.

Woran kannst du dich jetzt noch erinnern?

Nur noch an das Eine. Denn du hast es zuletzt geträumt. Und das war der Tod der großen Vogelspinnen.

Zerfall

Da hältst du also eine große Vogelspinne in einem breiten und sehr hohen Terrarium.

Jetzt versucht sie oben rauszuklettern, fällt wieder zurück.

Seltsamerweise ist da gar kein Deckel auf dem Behälter.

Ein dichtes weißes Gespinst liegt auf ihrer Unterseite. Sie versucht, es mit ihren Chelizeren durchzubeißen, schafft es aber nicht.

Dann fällt plötzlich ein rundliches breites schwarzes Chitinteil auf den Boden.

Ist das die Coxa, das erste Beinglied, oder ein Mundteil?, frage ich mich noch, als auch schon das zweite hinunterfällt. Und schon liegt dort unten ein ganzes Bein.

Ach herrje, die zerbeißt sich, fällt ja gänzlich auseinander.

Und tatsächlich, jetzt ist nichts mehr von ihr übrig außer einem zuckenden Beinende, das nur noch aus zwei Gliedern besteht.

So war es. So geschah es in einem meiner Träume von so vielen. So ist es für alle Zeit.

Wasser

Ein anderes Mal träumte ich von einem gigantisch großen Terrarium, in dem Mäuse und Ratten herumliefen, nicht nur auf dem Boden, sondern auch an den Seitenwänden.

Wie sollte ich also verhindern, dass sie entkommen?

Einige waren wohl schon entflohen.

Wo das Terrarium steht?

Im Hof!

Ich erkläre irgendjemandem die Lage.

Dann sehe ich all die vielen kleinen Terrarien in meiner Wohnung, einige sind rund und flach - nur Petrischalen.

Überall ist die Erde im Innern trocken.

Oje, die Vogelspinnen liegen alle auf dem Rücken, als würden sie sich häuten, unbeweglich.

Oder sind die alle tot, vertrocknet, weil ich mich nicht mehr um sie gekümmert habe, weil ich sie bei all meinen Rattenmäuseproblemen gänzlich vergaß?

Aber so wie sie daliegen, müssten sie doch noch leben.

Ich gebe also Wasser auf die Erde der ersten Schale.

Bewegt sich die Spinne?

Jetzt wird sie wohl ertrinken, denke ich, ist ja nun viel zu viel Wasser drin.

Ich gieße es ab, berühre die Spinne mit der Pinzette, die sich jetzt ein wenig bewegt, also lebt, die sich also doch nur häuten wird. Dann gebe ich auch zu den anderen etwas Wasser.

Sie leben. Alles ist gut.

Ich wache auf, stehe auf und ziehe mich an.

Nirgendwo sind in meiner Wohnung Mäuse oder Ratten, auch keine Petrischalen. Doch Grillenboxen, Plastik- und Glasterrarien mit Vogelspinnen stehen sehr wohl auf dem Küchenschrank, den Regalbrettern über dem Gasofen und auf einem kleinen Schreibtisch in der Zimmermitte im Arbeitszimmer.

Wasser?
Da war doch noch viel mehr Wasser.

Drei Spinnen der brasilianischen Art *Theraphosa blondi,* ein Exemplar etwas kleiner als die beiden anderen, setze ich zusammen in ein Terrarium und wundere mich zugleich, dass sie sich gar nicht spinnefeind sind, sondern gut vertragen.

Jetzt wo ich alles notiere, jetzt, wo ich aufgewacht bin, denke ich, dass es wohl die Verarbeitung von Sinneseindrücken war, die mich zu diesem Traum inspirierte. Denn nach Mitternacht noch gab's Sex, kam es zur Paarung von Mann und Frau einer anderen, relativ kleinen Vogelspinnenart mit dem wissenschaftlichen Namen Brachypelma vagans, nachdem ich ihn zu ihr hindirigiert hatte.

Ich wundere mich nur kurz, versuche dann lieber doch, die großen Vogelspinnen voneinander zu trennen. Sonst bleibt am Ende nur eine übrig. Also soll jede in ihren eigenen Behälter zurück. Ich dirigiere sie, jede für sich, zunächst in ein Fangglas.

Dann kommt die Sache mit dem Wasser, die in einer anderen Welt, der wachen, niemals geschieht, doch hier im Traum ... Ich lasse es aus der Leitung in die Gläser mit den Spinnen.

Wieso überhaupt Wasser, sind doch keine Wasserspinnen?, denke ich noch, finde keine Antwort und lasse das Wasser laufen.

Ihre Körper fallen auseinander.

Was habe ich getan? Wie konnte das geschehen? Das frage ich mich erst jetzt und fühle es mit meinen Fingerkuppen auch schon am Glas, am Plastik oder woraus auch immer meine Traumhaltungsbehälter bestehen mögen. Sie haben sich erwärmt, weil ...

»Scheiße! Das war ja heißes Wasser! Jetzt sind die Spinnen hinüber. Verbrüht, verkocht, gestorben. Und ich habe sie auf dem Gewissen.«

Weine ich?

Ich spüle sie ins Geschirrspülbecken.

Später schaue ich noch einmal nach, was von ihnen geblieben ist.

Da sind nur noch Vorder- und Hinterleiber und vollständige, halb durchsichtige komplette Körperhüllen, die wohl schon unter der alten Haut zusammengefaltet vorhanden waren, als die Spinnen starben.

Dies alles sah ich hinter geschlossenen Lidern.

War das alles, was ich träumte?

Ich werde von der Stimme im Radio geweckt. Es ist 9 Uhr, und all meine Spinnen in ihren Terrarien sind wohlauf. Da bin ich mir vollkommen sicher.

Denn alles war ja nur ein Traum.

Das tue ich aber nicht, sondern rühre mit einem Löffel im Rohr herum, leuchte mit einer Taschenlampe hinein und sehe dort unten Goldfliegen wimmeln.

Steckt wohl eine Leiche drin, denke ich. Denn ich weiß, dass diese Art ihre Eier an Aas legt, worin sich ihre Maden entwickeln, indem sie essen, sich häuten und wachsen und essen, sich häuten und verpuppen und schließlich als Fliegen schlüpfen.

Schaue ich doch mal am anderen Rohrende nach.

Dort unten am Bach ragt es horizontal aus der Erde, ist eigentlich gar kein Rohr mehr, sondern oben offen wie eine Regenrinne, doch mit größerem Durchmesser. Auch hier wallt grüner Rauch empor, der aber keine Fliegen enthält.

Und hier endet mein Traum, denn ich werde vom Radio geweckt.

Und was lehrt uns das?, willst du, mein interessierter Leser von mir wissen.

Dass Väter auch im hohen Alter ganz liebe Menschen sein können?

Dass uns die Toten noch lange in unseren Träumen heimsuchen? Denn in meiner Wachwelt lebt mein Vater schon seit Jahren nicht mehr. Und wenn es seine Seele war, die dort oben in der Küche bei mir werkelte, sein Körper kann nicht im Rohr vor sich hingewest sein, dafür war das Rohr, die Rinne viel zu klein, d. h. sie wäre es in unserer Wachwelt. In einem Traum jedoch …

Ach ja, ich lebe übrigens in einer kleinen Zweizimmeraltbauwohnung, die große mit Terrasse zum Bach hat ein Bekannter in Frankfurt am Main. Ein halbes Haus mit Garten am Bach bewohnte einst mein Bruder. Wie das immer so ist, hat sich da wohl wieder viel im Traum vermischt.

Apropos Bruder, der eine Tochter hat, ich habe ja auch noch eine Schwester, die die jüngste von uns Dreien ist. Ihr Sohn arbeitet in seiner Freizeit eifrig bei einem Biobauern.

Eine Scheune für Hollywood

Träum ich das oder ist das alles real?

Ich war doch nie in diesem Stall.

Und doch, jetzt bin ich hier.

Und da ist ja auch mein Neffe Oliver.

Er versorgt die Kühe beim Bauern mit Heu.

Ich bin zu Besuch nebenan in der Scheune, schaue mich erst einmal um und entdecke überall dort oben unter der Decke, aber auch an den Seitenwänden und in den Ecken Gespinste.

Welch ein Schlaraffenland für Spinnen muss diese Scheune sein!

Was heißt hier, muss sie sein, sie ist es ja!

Und welch toller Ort für einen Arachnologen und Spinnenbegeisterten.

Und was schaut da heraus?

Gewaltige Beine sind das. Die müssen zu Spinnen gehören, die in dieser Größe bei uns nicht heimisch sind. Vogelspinnen müssen das sein.

Ob die mir als Junge entflohen sind, hier oben Zuflucht fanden und so bis heute unbemerkt blieben?

Oder hat sie dieser Biobauer sehr wohl entdeckt, doch nach dem Motto leben und leben lassen als nützliche Insektenfänger bei sich geduldet?

Fliegen als Nahrung gibt es ja hier in der warmen Jahreszeit genug. Da hatten sie Futter und konnten wachsen.

Wie zahlreich die Spinnen hier sind, denke ich, diese Scheune wäre wirklich was für einen Horrorfilm!

Und schon bin ich wach.

Sie

Sie will raus, nach oben raus aus ihrem Gefängnis, nun ja, vielleicht ist es ja mehr ihr Zuhause, ihre Wohnung, die Umgebung, die sie kennt, die so riecht wie sie. Doch dort oben ist es warm, wir wissen ja: Warme Luft steigt auf und sammelt sich also auch hier ganz oben unter der Decke des Altbauzimmers. Sie will also zur Wärme hin, denn ihre Vorfahren stammen aus den Tropen.

Ich öffne

Sie schreckt zurück.

Sanft leite ich sie.

So läuft sie nun doch meinen rechten Arm empor, bleibt schließlich auf meiner Schulter sitzen.

Wer sie ist?, willst du wissen.

Oh, sie ist sehr haarig, doch einen Ladyshave sollte sie lieber nicht benutzen, denn dann wäre sie ihrer meisten Sinne beraubt. Auch hat sie ja gar keine Hände und Arme. Wie sollte sie ihn da halten? Dafür aber besitzt sie acht Beine. So also sitzt nun die große Vogelspinnenfrau der Gattung *Lasiodora* auf meiner Schulter.

Ich schließe meine Augen, lausche in mich hinein, höre mein Herz schlagen und die Kunstklappe klicken, denke ihr zu.

Natürlich höre ich sie nicht flüstern. Also erfahre ich nichts davon, wie es so ist, eine Spinne zu sein. Tja, und das war es auch schon, wäre es auch schon gewesen, wenn da nicht …

Ich lasse mein Denken laufen, bis da nur noch Schwärze ist. Leere. Die Augen geschlossen, meine Ohren hören nicht mehr, meine Nase riecht nicht, meine Haut fühlt nicht mehr. Ich, ich, ich …

Helligkeit - Tag, Wärme unter mir, still die Luft - keine Gefahr, alles ist gut. Was gibt es Schöneres als eine Spinne zu sein, würde ich denken, wäre ich ein Mensch.

Spinnensprung

Ich komme aus der Stadt nach Hause zurück und finde überraschenderweise Freund Michael vor, der es sich einfach so bei mir in der Küche im Sessel gemütlich gemacht hat.

»Hallo!«, sage ich und grübele: Wie kann das sein? Wie kam er rein? Er hat doch gar keinen Wohnungsschlüssel. War er etwa schon da, als ich kurz meine Wohnung verließ?

Daran aber kann ich mich gar nicht erinnern. Es mag so gewesen sein - oder auch nicht.

Doch wie es auch war, eins ist klar, jetzt sitzt er im Sessel und hat doch tatsächlich die große Vogelspinne *Lasiodora parahybana*, die Mutti, von der ich auch einige fast erwachsene Kinder habe, auf seiner Brust sitzen.

Auch das ist mir neu, dachte immer, er wäre Botaniker. Wusste gar nicht, dass er ein heimlicher Spinnenfan ist.

Er wird sie wohl selbst aus dem Terrarium geholt haben. Oder drückte ich sie ihm in die Hand, bevor ich ging?

Staunend nehme ich erst einmal Platz. Längst hat es mir die Sprache verschlagen.

Doch kaum sitze ich, da geschieht es.

Sie springt los.

In wenigen Sätzen über den Tisch und durch die Luft hat sie mich auch schon erreicht, landet auf meinem Hals und – beißt – nicht, sondern genießt die Wärme einer menschlichen Haut.

Das Terrarium

Ich räume ein großes Terrarium aus. Unten entdecke ich einen leeren Blumenkübel aus Ton mit der Öffnung nach rechts, gut geeignet als Vogelspinnenversteck, halb in der Erde versackt. Ich hebe ihn auf.

Jetzt wird mir so einiges klar. Denn auf der unten liegenden Längsseite ist ein großes Loch. Das war doch vorher niemals dort. Muss die Spinne reingebissen haben. Drunter ist die Erde weggeräumt. Aha, dann hat sie sich hier also eine Höhle gegraben. Dann sehe ich eine Vogelspinne dort sitzen, darunter noch eine zweite. Dabei hatte ich eben noch gedacht, ich hätte alle meine Spinnen schon zur Ausstellung gebracht. Nun gut, dann liefere ich die eben noch nach.

Ich wache auf - bei mir zu Haus. Wo sonst!

Die Vogelspinnenbuchbestellung

Da will sich ein Typ ein Vogelspinnenbuch zulegen.

»Oh, da gibt es sehr viele«, antworte ich auf seine Frage hin, »bedeutend mehr Titel, als ich selbst besitze.«

Ich schlage den Buchhändlerkatalog auf.

Potz Blitz! Vorne im Deckel sind Spinnen.

Nein, keine Abbildungen, sondern echte. Kleine flache tropische. Die versuche ich gleich mit einem Fangglas einzufangen, könnten junge Riesenkrabbenspinnen sein, in Australiens Häusern kommen sie vor und werden dort »Huntsman Spiders« genannt.

Dann sitzt da noch eine kleine mit dickerem Hinterleib, vermutlich eine einheimische Kugelspinne, genauer gesagt eine Fettspinne der Art *Steatoda bipunctata*, die hier sogar ihr Netz gesponnen hat.

Ja, die Spinnweben müsste man auch mal entfernen, denke ich und habe den Auftrag für den Kunden längst vergessen.

Den Katalog klappe ich übrigens niemals wieder zu.

Denn alles war nur ein Traum.

Und jetzt bin ich wach.

Das zerbrochene Terrarium

Zwei Vogelspinnen reisen mit mir.

Übrigens teile ich mein Hotelzimmer, das ich gerade betreten habe, mit einem zweiten Bewohner, den ich noch gar nicht kennengelernt habe. Das wird mir jetzt erst bewusst, da ich sehe, dass die Hälfte der Ablage unter dem Spiegel über dem Waschbecken mit fremdem Necessaire vollgepackt ist.

Doch wieder zurück zu meinen Spinnen. Sie befinden sich beide in einem Glasterrarium, das ich erst einmal provisorisch auf meinen Schoß gestellt habe. Die größere, eine *Lasiodora*-Art, befindet sich auf dem mit Erde bedeckten Boden, die andere, eine Baumbewohnerin auf der anderen Behälterseite von der größeren entfernten Verwandten distanziert weiter oben.

Ob die sich wirklich nichts tun, frage ich mich noch, sollte sie lieber trennen und jeder ein eigenes Terrarium geben. Denn die meisten Spinnenarten sind sich ja nun einmal »spinnefeind«.

Ich entdecke eine runde Wanduhr mit Stunden- und Minutenzeiger, die so aussieht wie die bei mir zu Hause dem Bett gegenüber an der Wand meines Schlafzimmers. Ich stelle fest, dass die Zeiger stehen.

Aha, da muss ich also die Batterien auswechseln, denke ich, beuge mich hoch, um die Uhr von der Wand zu nehmen und höre es auch schon klirren.

Ich schaue an mir hinunter und sehe das Malheur: Mist aber auch, das Glasterrarium mit den Spinnen ist auf den Boden geknallt und zerbrochen.

Leben sie noch? Und wenn ja, wie schwer mögen sie verletzt sein? Am Körper? Wo? Haben sie gar Beine verloren? Sind sie überhaupt noch da oder mir schon entflohen? Werde ich sie dann einfangen können?

All diese Fragen stelle ich mir in Sekundenbruchteilen und entdecke auch schon die größere unter einer großen

Glasscherbe zwischen Oberschenkel und Bauch auf meinem Pullover.

Sie klettert nicht weg.

Hoffentlich ist sie nicht zu stark verletzt. Auf jeden Fall wird diese mir nicht entfliehen.

Dann sehe ich, dass die andere, die jetzt plötzlich gar nicht mehr wie eine Vogelspinne aussieht, sondern mir eher eine tropische Raubspinnenart mit anderthalb Zentimeter Körperlänge zu sein scheint, dort auf dem Boden läuft, d. h. gerade lief und jetzt verharrt.

Also schaue ich mich nach einem Fanggefäß um, denn ich will ja schließlich nicht in die Hand gebissen werden, da ich weiß, dass ihr Gift, zumindest als sie noch eine baumbewohnende Vogelspinnenart der Gattung *Poecilotheria* war, auf uns doch relativ stark wirkt. Ich entdecke ein Glas und stülpe es drüber und wache auf, der Traum ist aus.

Spinnenmütter und ihre Kinder

Sie wartet in ihrem Haus
Er sucht sie auf
Nicht nur den Schwärmer-Motten-Mücken-Mann
locken Pheromone an
von der Mücken-Motten-Schwärmer-Frau

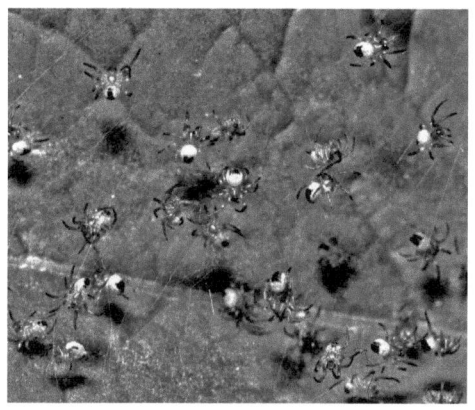

Fadenflug

Im Terrarium bei X - sein Name ist mir bereits im Traum entfallen und wäre es nicht so, haha, so würde ich ihn dir nicht verraten - schlüpfen Spinnen aus dem Kokon.

Zuerst also bei ihm, dann geschieht es auch bei mir zu Hause.

Tja, aber natürlich nicht nur hier und dort, sondern überall in der Natur schlüpfen die Jungen. Denn es ist Herbst und warm: Altweibersommer. Die alten Hüllen lassen sie drin, das Eistadium, Prälarven- und Larvensein haben sie hinter sich gebracht.

Hier oben geht's nicht weiter.
Ein laues Lüftchen weht.
Also strecke ich meinen Hinterleib empor, lasse Seide austreten.

Den Faden zieht der Wind hinfort.

Ja, jetzt löse ich meine Krallen vom Untergrund und steige auf. Spinne*, das ist ja der ultimative Kick: Flügellos am Faden fliegen!

Irgendwo und irgendwann werde ich irgendwie wieder landen (eben gedacht und schon vergessen).

Hier bin ich frei.

Ich werde eine Insel entdecken, die noch keine meiner Art vor mir gefunden hat - eine Insel hoch oben in einem Baum.

Gelandet seilst du dich am Sicherungsfaden ab und weiß nicht, dass es kein Ast, kein Blatt, sondern der Finger eines großen Wesens ist, der deinen Faden übernahm, an dem du nun hängst.

Und das Wesen schreit nicht auf, sondern betrachtet dich still.

Es lächelt ein Lächeln, das du niemals sehen kannst, denn deine Augen, dein Gehirn, dein Geist sehen nur hell und dunkel und schnelle Bewegungen im Raum.

Es ist ein Mensch, ein Menschenmann. Er sitzt auf einer Bank in einem Zug, der trägt ihn von einer Menschenstadt in eine andere. Menschensorgen und Menschenfreuden begleiten den Menschenmann, dessen Name Olaf ist, Menschendinge, die du niemals verstehen würdest, interessiertest du dich dafür.

Aber das tust du ja nicht.

Denn du bist eine Spinne, die einmalig ist unter allen Spinnen, die es jemals gab und geben wird - jetzt und hier und in alle Ewigkeit.

*: Menschen sagen hier »Mensch«.

Mein Leben, mein Tod

Das Leben ist schön.

Ich wurde geboren, habe mich entwickelt, von den Vorräten aus dem Ei gelebt, gehäutet, Beute gefangen und gegessen. So bin ich gewachsen. Alles ist gut.

Nie tat ich etwas, was ich nicht tun sollte, keinem meiner Geschwister habe ich ein Leid angetan.

Doch nun wird meine Welt erschüttert. Alles bebt und wirbelt.

Also fliehe ich in die vom Licht dort oben erwärmte Spalte, ja, hier bin ich nun sicher verborgen.

Es drückt ...

Ich ...

Ja, und wäre die kleine Spinne, die ich da ganz aus Versehen nach der Zugabe von Mikroheimchen in ihr Heim, in dem sie mit vielen anderen Geschwistern lebt, beim Behälterschließen übersah, ein Mensch, kein kleines Kind, sondern ein älteres Kind oder gar ein Erwachsener und im christlichen Glauben erzogen, so hätte sie vielleicht diese letzten Gedanken gehabt und würde noch in den letzten Sekunden ihres Lebens an GOTT zweifeln, an ihrem persönlichen, lieben Kinderseelengott:

»Warum?«, würde die Menschenseele schreien und weinen.

»Ich bin doch unschuldig. Warum passiert das alles nur mir? Das ist nicht gerecht, das ist doch nicht fair!«

Tja, und was dachte die kleine Spinne, als es mit ihr zu Ende ging? Verstand sie es, wusste sie es? Werden wir es je erfahren? Kehrt sie in anderer Gestalt zu anderer Zeit in eine andere Welt zurück, wenn es denn Reinkarnationen gibt?

Und was wird aus dem Menschen, der aus Versehen eine Spinne zerquetschte? Ist er schuldig?

Kehrt sie in seinen Albträumen wieder?

»Ist ja nur ne Spinne«, sagst du.

Ist ja nur ein Mensch, mögen andere in anderen Dimensionen denken, wenn sie dich zermalmen.

Vielleicht tun sie es ja mit Millionen von uns, immer und immer wieder, und einfach nur zu ihrem Vergnügen. Und wir nennen es Zufall, Unfall, Katastrophe, Krankheit und Krieg.

Träumen Spinnen - wovon?

Eines Tages stelle ich mir diese eine Frage von so vielen. Und so kam es dazu: Ich sah sie bei Nacht im Zentrum ihres Netzes sitzen.

Sie trägt ein weißes Kreuz auf dem Hinterleib und wartet wach und gespannt. Doch sie lauert nicht ständig im Zentrum ihres Radnetzes aus feinster Seide, das natürlich nicht für die Ewigkeit gemacht ist - was ist schon ewig in dieser und allen anderen Welten? Nichts! -, welches sie nach dem Beutefang wieder aufisst und verdaut. Manchmal sitzt sie nur durch einen langen Faden mit dem Netz verbunden, gut verborgen und dennoch jederzeit über aufprallende, zappelnde und zuckende Beute informiert, in ihrem Blattversteck.

Was aber geht in ihr vor?

Erinnert sie sich oder lebt sie nur in der Gegenwart?

Sieht sie die Zukunft voraus?

Ruht sie sich aus, schläft und träumt sie gar?

Oder spinnen nur Menschendichter Worte über träumende Spinnen zu Sätzen zusammen?

Da sind keine Wirbeltieraugen, sondern acht kleine schwarze Punktaugen, also auch nirgendwo zuckende Augenlider.

Aber wer sagt denn, dass diese Spinne hier sich Bilder erträumt?

Von fantastischen Düften und Vibrationen

Fliehen nicht Hunde in Albträumen vor schrecklichen Gerüchen? Schrecken vielleicht auch längst verklungene Vibrationen von Untergrund, Luft und Netz Spinnen aus ihrer Ruhe auf? Also spreche ich von fantastischen Düften und Vibrationen.

Draußen gibt es viele, winzige und kleine, auch größere, doch keine Giganten in unseren Städten, Wiesen und Wäldern. Manche lauern mit, andere ohne Netz, wieder andere gehen aktiv auf die Jagd. Alle aber haben eins gemein: Sie werden nicht sonderlich alt, leben nur ein oder zwei Jahre, dann sterben sie, auch wenn sie kein Feind und keine Krankheit zuvor erwischte.

Drinnen aber bei den Menschen ruhen die Großen bei Tag und sind munter in der Nacht.

Bewegungslos

Jetzt verharre ich hier im Schutz der Dunkelheit mit erhobenen Vorderbeinen und warte.

Denn etwas bewegte sich so nah vor mir.

Ich weiß, dass du lebst. Doch ich habe dich im Dunkel verloren. Wo bist du?

So warte ich auf die Schwingungen der Luft und die Vibrationen des Untergrundes, lausche mit Haaren und Sinnesgruben an Beinen, Tastern und Körper in einer Welt, die für andere still sein mag, doch nicht für mich.

Warte.

Warte.

Unbeweglich warte ich noch immer auf dich.

Ich habe alle Zeit der Welt, trage das Warten im Blut und in meinen Genen. Bin so geduldig, wie du es sicherlich nicht bist.

Doch auch du verharrst seit langem schon im Lauf. Auch du willst leben, weißt etwas Großes vor dir. Deshalb rührst du dich nicht, lässt nur deine »endlos« langen dünnen Fühler spielen.

Dann bebt die Erde, du zuckst zusammen.

Ich höre deine Bewegung, schnelle vor, packe dich mit den Hafthaaren meiner Füße, ziehe dich zu mir, beiße zu. Du bist die fette Beute, die ich brauche, um meinen Hunger zu stillen. Und mein Hunger ist groß, weil die Eier in mir reifen. Aus ihnen werden meine Kinder schlüpfen. Ich werde für sie sorgen, so gut ich kann, so wie es alle Mütter auf allen Welten zu allen Zeiten tun.

So wurde die Grille von der Vogelspinne gefangen, die ein Mensch in ihren Behälter - ihr Heim - warf. Und der war es auch, der an den Schrank stieß, auf dem die Terrarien mit den Spinnen standen. Deshalb also bebte die Erde, deshalb starb die Grille ein wenig früher als ohne diesen ungewollten Eingriff von Menschenhand.

Welch seltsame Dinge Menschen doch träumen - in der Nacht und am Morgen, bevor sie erwachen.

Dieser eine Traum handelte von der Vogelspinnenfrau, die ihre Eier – nein, nicht in Menschenhaut legte - das gibt's doch nur bei Gotthelf, modernen Nachahmern unter den Literaten und in Hollywood.

Also noch einmal von vorne: Dieser eine Traum handelte von der Vogelspinnenfrau, die ihre eigenen Eier aß. Ja, das kommt tatsächlich in der Welt außerhalb der Menschenträume vor. Zugleich aber war es ein Traum von entflohenen Spinnenmännern.

Er bereitet sich vor

Wohin sind sie?, frage ich mich. Ob die noch in der Wohnung sind? Werde ich sie wiederfinden?

Bei *ihr* im Terrarium sind sie nicht, das steht fest.

Schaue mich in der Wohnung um, suche sie überall.

Dann entdecke ich einen von ihnen unter der Decke.

Und was macht er dort?

Er spinnt.

Was sonst!, magst du denken. Was außer »spinnen« soll eine Spinne auch schon tun!?

Er spinnt ein Spermanetz, gibt darauf sein Sperma ab und nimmt es in seine Begattungsorgane an den beiden Tasterenden auf.

Und dann?

Dann macht er sich auf die Suche nach *ihr*.

Was sonst sollte ein junger Spinnenmann jetzt auch anderes tun!?, denkst du, der du dich ein wenig auskennst.

Einmal sie riechen und betasten, sie berühren, zuckend und zitternd verharren und das arteigene Lied singen auf seine eigene, einmalige Art und Weise, an diesem einen Ort zu dieser einen Zeit und dann ...

Ich fing ihn ein und setzte ihn eines Tages zu ihr, der Vogelspinnenfrau.

Nein, sie fing ihn nicht und aß ihn nicht.

Er paarte sich mit ihr, lief davon, und ich setzte ihn zurück in seinen Behälter.

Sie aber fing hungrig weiterhin Beute. Ihr Hinterleib wurde dicker und immer dicker. Dann irgendwann spann sie sich ein, webte den Teppich verborgen in ihrem Versteck, auf den sie ihre Eier legte, umwickelte diese mit spezieller Seide und hütete ihren so gefertigten Kokon.

Zeit verging, in der sie ihn pflegte.

Dann aber eines Nachts riss sie ihn, noch immer im Versteck, mit ihren Giftklauen auf.

Und ihre Kinder, deren Bewegungen sie schon lange zuvor gespürt hatte, schlüpften noch als Larven, mit dicken Hinterleibern, wenig behaart, aus.

Tja, so war es. So ist es. So wird es immer wieder sein.

So viele Dinge geschehen auf Erden bei Tag und bei Nacht.

So viele Dinge geschehen zu einer Zeit und in allen Zeiten, von denen kein Mensch jemals etwas erfahren wird.

So viele Dinge geschehen in den Tiefen, auf der Erdoberfläche, in der Krautschicht, in den Büschen und auf den Ästen und Wipfeln der Bäume.

Nichts weißt du, kleiner Mensch, von all diesen Dingen.

Metamorphosen

Träume sind es hier
Träume von Spinnen und Menschen
die sich verwandeln

Ruf der Nacht

Hörst du ihr Huschen über welkes Laub?
Hörst du ihr Trommeln im Gras?
Hörst du sie zitternd und ruckend
vor Erregung laufen bei Nacht?
Du lauschst noch einen Augenblick
Du bist bereit
Jetzt ruft es auch dich hinaus
Dein Augenlicht verblasst
Dein Körper wandelt sich zur Spinne:
Acht Beine wachsen dir
die schmecken, riechen, hören
die Welt ringsum so wunderbar neu
Tastend streckst du die ersten beiden
nach vorne, verharrst
Dann läufst du los

Waren das Verwandlungen, von denen ich einst träumte? Oder sah ich ganz einfach nur das, was da geschah - die einen zu den anderen, die anderen zu den einen, Räuber zur Beute, Beute zum Räuber gelangen -, und erlebte dann das große (Fr)essen?

Albtraum

Ich nehme an einer Führung durch ein großes Gebäude teil.

Irgendwann frage ich nach den Futtertieren für die vielen Reptilien. Ich hätte selbst einmal *Drosophila*, also Fruchtfliegen, für meine Spinnen an der Universität gezüchtet.

»Ja, die züchte ich auch«, meint die gute Frau, die hier für den Laden zuständig ist.

Doch was für ein Laden ist es eigentlich? War es nicht eben noch ein Zoo oder zumindest eine Zoohandlung?

Jetzt sehe ich tatsächlich überall auf den Tischen, die eigentlich zum Studium von Büchern gedacht sind, viereckige Boxen mit gelbbraunem Futtersubstrat stehen, daneben überall Puppenhüllen kleben und Fliegen sowohl an den Deckellöchern wie auch darüber herumwimmeln.

Oh je, denke ich, wenn da mal einer den Laden hier auf Hygiene kontrolliert. Der wird sofort dicht gemacht.

Dann entdecke ich mehrere leere Boxen mit offenen Deckeln. Ich schaue hinein.

Da sind keine Fruchtfliegen mehr zu erkennen, auch keine Maden oder Puppen. Stattdessen laufen hier mehrere riesige spinnenartige Wesen herum.

Ich beuge mich hinüber, strecke meinen rechten Arm aus und - nehme eins auf die Hand.

Dieses Wesen ist halb so groß wie mein Handteller.

Ich betrachte es genauer. Eins ist klar: Eine Webspinne ist es nicht. Da bin ich mir sicher. Denn die kenne ich. Könnte ein Geißelskorpion sein, fällt mir ein. Doch eine Geißel sehe ich nirgendwo, auch keinen stachellosen Schwanz.

Ich denke nach: Wenn sie wie die Echten Spinnen Carnivoren, also Fleischesser sind, fingen sie wohl die Fliegen weg und aßen sie vollständig auf, was mir jetzt und hier gar nicht sonderbar erscheint – erst später nach meinem Erwachen. Andererseits, woher kamen sie dann? Wie kamen sie hier zu den Fliegen hinein? Gut, Öffnungen sind ja da. Oder aber - nein, das kann nicht sein – sie haben sich verwandelt – aus Fliegen wurden Spinnenartige.

Kaum gedacht sehe ich, von wegen, nicht diese wohl einmalige, fantastische Metamorphose, sondern den neuen Leiter der Institution mit der Führung für ein vornehmes Publikum beginnen.

Da wird wohl hier in Kürze schon groß aufgeräumt, denke ich. Wenn der die Sauerei mit den Fliegen und den Spinnenartigen sieht, ist die Kacke voll am Dampfen.

Ich wache auf. Der Traum ist aus. Und so wird niemand jemals erfahren, was für Spinnenwesen es waren und was aus der Angestellten und der Institution selbst wurden.

Dann war da noch die Sache mit diesen seltsamen, winzigen Käfern – ein wahrer Alb. Denn einige von ihnen sind gerade geschlüpft.

Die fange ich mit Plastikbehältern ein und habe dabei so meine Probleme, diese mit ihren Schaumstoffstopfen zu verschließen, bei all dem Gewusel.

Und dann, was ist denn das? Die paaren sich ja schon minuten-, ja stundenlang!

Eine Stimme beschreibt, wie das vonstatten geht.

Wer? Woher? Wer?, frage ich – nicht.

Sind das jetzt Endoparasiten, die aus meinen Vogelspinnen schlüpften?

Doch im Behälter ist ja gar keine Spinne. Auch sind nirgendwo Reste einer Spinne zu entdecken. Und diese Käfer kommen aus der Erde emporgekrabbelt, wo sich ihre Larven sicherlich verpuppten. Es werden immer mehr, je mehr ich von ihnen einfange.

Schon gehen mir die Plastikbehälter aus.

Und überhaupt – Panik kommt auf – denn jetzt erst werden mir diese Unmengen wirklich bewusst: Was soll ich nur mit ihnen tun, habe ich sie erst einmal eingefangen?

Und sollten diese beiden Träume irgendwie miteinander zusammenhängen, dann lautet die Frage: Wie?

Wenn es denn so wäre und wir es hier tatsächlich mit Verwandlungen zu tun hätten und auch noch die Anordnung beider Träume in der hier abgedruckten Reihenfolge stimmte, was doch sehr zu bezweifeln ist, würden aus Fliegen zunächst Spinnenartige, und dort, wo Spinnen waren, fänden sich schließlich nur noch parasitäre Käfer.

Und was will uns das bezüglich unserer Mückenmenschenstory und all den Abenteuern mit Spinnen sagen?

Tja, das ist hier die Frage, auf die ich keine Antwort kenne.

Eins ist jedoch sicher: Wären Menschen so klein wie Spinnen oder Spinnen so groß wie Menschen, ja dann - wir kennen es ja aus einigen Horrorfilmen – wäre es kurz und schmerzhaft oder aber ginge auch nicht ganz so schnell dem Ende zu, wenn sie uns erwischten. Ja, das wäre ein zur Realität gewordener Albtraum.

Atypus

»Scheiße, irgendetwas hat dich von unten gepackt!«

Das ist das Schlimmste.

Doch da ist noch etwas. Du hältst dir deine Ohren zu. Es hört einfach nicht auf.

»A...ty...pus, Aty-pus, Atypus!«, singt ein Tenor in dir.

Und warum halte ich mir dann die Ohren zu?, sollte dein Verstand jetzt fragen und tut es doch nicht.

Kichert da was?

Was soll das?, stottert weinend deine Seele, während dein Körper um Hilfe schreit. Nichts verstehst du. Was immer diese Worte bedeuten - Latein, ja, das könnte es sein -, die nun immer leiser werdend endlich doch in dir verklingen. Denn nichts ist hier unten von Dauer.

Davon bist du nun also erlöst.

Doch es sind jetzt die Schmerzen, diese wahnsinnigen Schmerzen, die noch immer fortbestehen und jeden klaren Gedanken vertreiben – bis auf den einen: Scheiße, Mann, hat mich voll im Bauch erwischt!

Nein, es ist kein lebloses Ding, kein Gegenstand, keine Maschine. Lebendige Zangen haben sich in dein Gedärm gebohrt und lassen dich einfach nicht mehr los.

Alles wird dunkel.

Schwärze.

Sie hält dich, der du nun keine Schmerzen mehr verspürst, nichts mehr denkst und vielleicht doch noch am Leben bist, fest in den Klauen ihrer Chelizeren. Sie pumpt ihr Gift in ihr Opfer. Dann zerrt dich die Tapezierspinne durch den Gespinstschlauch zu sich in ihre Wohnung, erbricht Verdauungssaft auf deinen toten Bauch, während ihre Beißwerkzeuge dich durchkneten. So löst sie dich auf und saugt dich ein. Denn *du* bist ihre Mahlzeit, bist Leben für sie und ihre noch ungeborenen Kinder.

Apropos fressen und ..., sorry, essen und gegessen werden. Nicht nur bei Menschen ist es Usus, dass er ihr was Essbares mitbringt. Und das muss ja nicht unbedingt aus Schokolade oder Marzipan bestehen.

Das Brautgeschenk

Anders bin ich nun und fremd erscheint mir die Welt. Etwas muss mit mir geschehen sein, etwas geschah. War ich nicht eben noch ein Mensch?

Und jetzt ... groß ist die Welt geworden, der Raum so weit wie nie zuvor. Oder aber alles ist geblieben, wie es war, nichts veränderte sich bis auf eins: *Ich* bin nun winzig *klein*?

Alles hat sich verändert.

Welch gewaltiger Chor! Überall zirpt es. In meinen Beinen klingen die Lieder wider! Der Boden unter meinen Füßen, ach, acht Füßen! Alles schwingt. Hell ist die Nach ..., mein Tag, Schatten überall, Bewegung.

Jetzt rase ich schnell wie der Wind dahin. Ja, wer so lange Beine hat wie ich, der kann wirklich rennen! Ach, wie die Welt vibriert - unter meinen Füßen. Welch ein Summen, Brummen, was für ein Sound überall!

Rundum sehe ich, ohne meinen Kopf zu ... da ist kein Wenden!

Was ist das, Kopf?

Sehe nach oben und vorne und hinten, nach allen Seiten zugleich. Wie sollte es auch anders sein?

Etwas Großes kommt.

Nehme seinen Schatten wahr, spüre die Schwingungen der Luft.

Springe empor.

Vorbei!

Noch einmal hinterher, umklammere es mit allen Beinen und beiße zu.

Mit etwas schlägt es rasend schnell, zappelt mit seinen dünnen Mickerbeinchen.

Nur zu, mich stört das nicht, ich lasse nie mehr los.

Hilflos hängt es jetzt in der Luft, versucht mit allen Sechsen auf dem längst entschwundenen Boden Halt zu finden, vibriert von Zeit zu Zeit.

»Die Fliege schlägt mit ihren Flügeln«, flüstert eine Stimme in mir.

Ich halte es fest in meinen Klauen, meine langen Beine hochgestreckt. Da finden seine Beinchen keinen Halt. Nie mehr wird es über die Erde laufen noch jemals durch die Lüfte fliegen.

Wie das wohl ist?, würde ich jetzt fragen, wäre ich ein Mensch, ein besonderer Mensch, ein Biologe, der sich für diese kleinen Tiere interessiert. Doch diese Zeiten sind längst vorbei.

Wann wird es endlich begreifen, dass es schon so gut wie tot ist?

Es gibt nicht auf, *noch* nicht, kämpft bis zum letzten Atemzug.

Jetzt erst ist es still.

Also beiße ich hinein, zerquetsche seinen Körper mit meinen kräftigen Zangen und Zähnen, kaue, spucke meine Säfte aus, sauge die flüssige Nahrung wieder ein.

Ein Gedanke - fern - Echo vielleicht aus vergangenen Tagen, einer anderen Zeit in einem anderen Körper. Menschenworte hallen in mir wider: »Schau nur, da sitzt eine Spinne, die frisst 'ne Fliege!«

Satt lasse ich die schwarzen Reste fallen, ist alles, was von ihr blieb - ha, hat sich ausgeflogen. Dann reinige ich sorgfältig meinen Mundbereich und die Taster, die Beine folgen. Schließlich ruhe ich mich aus.

Schon wieder ist es mir gelungen, Beute zu machen.

Bin ich nicht ein toller Mann!

War ein laufendes Insekt, das mir in die Fänge geriet.

»Grille ist das Menschenwort«, flüstert die geheimnisvolle Stimme.

Esse ich meine Beute?

Ich esse sie nicht.

Doch warum fing ich sie dann überhaupt, so satt wie ich bin?

Ja, dieses Insekt dient mir als Vorrat für schlechte Zeiten. Ich spinne sie ein mit Seide, umspinne sie dicht mit viel, viel Seide zu einem hellen Paket. So wunderschön kompakt, leicht transportabel durch alles Gestrüpp auf meinem Weg – wohin?

Ach, natürlich ja, mein Lebenssinn, natürlich hin zu *ihr*!

Wo aber mag sie zu finden sein?

Unter dem großen Licht - »Mondin«, spricht die Menschenstimme - laufe ich riechend und tastend durch die Welt, und mit mir trage ich die Grille im Gespinst. So ist es gut. Mann weiß ja nie, ob solch tolle Beute auf die Schnelle wieder zu bekommen ist. Zusammengekrümmt liegt sie nun in meinen Fängen, vom Gift betäubt, nicht tot, *noch* nicht. Ob sie wohl auch eine Seele hat, so wie ich, sie, die da eingesponnen auch träumen mag, wovon wohl, wovon? Wäre sie ein Spinnenmann wie ich, dann würde sie von Spinnenfrauen träumen. Doch eine Grillenfrau …

Jetzt endlich spüre ich sie. Sie ist nicht fern.

Was? Nein, nicht noch 'ne Grille, sondern meine, deine, aller Männer Sehnsucht Frau.

Cherchez la femme! Ich rieche sie, folge ihrer im Mondinlicht leuchtenden Seidenspur. *Dieser* Duft an ihren Fäden, die meine vorderen Beine nun ertasten. Sie ist es, der Sinn meines Lebens, sie, die Frau, die meine Zukunft in sich trägt, wenn, ja wenn ich sie erreiche und sie umgarnen kann mit zarter Seide, wenn sie mich erhört, mein Sperma behütet, wenn kein anderer vor mir da war, dann, ja dann werden sich irgendwann die Eier in ihr entwickeln und meine Kinder aus ihnen schlüpfen. Vater werde ich sein, der seine Kinder niemals erleben wird. Denn wenn sie geboren werden, bin ich längst an einem anderen Ort.

Wie köstlich die Spur meinen tastenden Palpenbeinen doch schmeckt.

Jetzt im schützenden Dunkel der Nacht ist es geschehen. Starr stehe ich. Denn ich habe sie berührt. Durchfährt mich ein Blitz: »Gefunden!«

So dicht vor mir hat sie ihre Beine tastend erhoben. Die kleinste Bewegung wird sie spüren. Weiß sie denn schon, dass ein Mann ihrer Art vor ihr steht?

Sie weiß es, da bin ich mir sicher.

Jetzt packt es mich. Mein Hinterleib beginnt zu zittern. Ruckend schüttelt es meinen ganzen Körper. Und von meinem wilden Begehren werden auch die Pflanzen ergriffen, auf denen wir stehen. Und nicht nur sie, auch die Luft vibriert.

Meine Beine betasten die deinen. Ich gehe zur Seite und nach unten und biete dir mein Geschenk an, das groß und frisch und saftig ist, halte es mit zur Seite gebogenen Tastern hoch empor dir entgegen. Dicht umsponnen habe ich die Beute, extra gut eingepackt für dich, meine Braut.

Doch was tust du?

Noch immer heißt's für mich, nur zitternd zu warten, auf dass du mich erwählst.

Erhöre mich, Frau meiner Träume und meines Lebens?

Und - du tust es, tastest heran. Du kommst zu mir.

Ich spüre deine duftenden Beine auf meinem Kopf. Über meine Beine tasten sie. Du kommst hinab, von oben herab zu mir, dem Unterwürfigen, der alles für dich tut. Also lehne ich mich weiter zurück, spreize meine vorderen Beinpaare weiter zur Seite, gebe den Weg für dich frei.

Jetzt streckst du deine Palpen aus.

Ich spüre es.

Schon beißt du mit deinen Dolchen in meine Gabe.

Beide halten wir nun mein Brautgeschenk.

Du ziehst mich ein wenig zu dir nach oben.

Wir halten es noch immer, du von oben, »kopfunter« wie üblich. Ich stehe unterhalb von dir.

Du beginnst dein Mahl.

Ich aber lasse mein Geschenk noch immer nicht los.

Angebissen! Der halbe Sieg ist mein. Jetzt iss und träume, wer weiß, was meine Seide so alles enthält, und lass dich nicht von meinem nun einsetzenden Rucken stören.

Ich ziehe meine Klauen aus dem Geschenk, doch niemals lasse ich es gänzlich los. Denn wir Spinnenmänner als schwaches Geschlecht wissen ja um die Tücke der Frauen. Du könntest mit ihm türmen, und all meine Mühen – Beutefang, Umspinnen, Transport, Anbieten - wären vergebens gewesen. Also hefte ich einen Sicherungsfaden an, halte es und mich mit meinem dritten Beinpaar daran fest und steige unter deinen Körper hin zum Ziel. Dort hake ich meinen rechten Taster fest - der linke liegt von oben auf dem Geschenk, sicher ist sicher, Mann weiß ja nie ..., und drehe meinen Eindringer, den Embolus, in dich hinein.

Du aber lässt noch immer alles mit dir geschehen und rührst dich nicht, abgesehen von den Kaubewegungen deiner Klauen, dem Ausströmen des Verdauungssafts vor deinem Mund und dem Einsaugen der aufgelösten Beute.

So ist es Recht. So wünsch ich's mir.

Zeit vergeht, und alles läuft gut.

Längst kehrte ich zum Geschenk zurück, wechselte zur anderen Seite und führte das linke Tasterende ein.

Doch dann, so unverhofft, während ich noch immer unter dir weile, meine Tasterblasen auf- und abschwellen, die den Embolus drehen, rein und raus und rein und ..., während ich noch immer dabei bin, rennst du plötzlich so einfach mir nichts dir nichts weg.

Mir reißt es das Ding raus. Hoffentlich ist da nichts abgebrochen! Und zu allem Elend ist mein Geschenk auch noch weg!

»Aber das geht doch meistens so«, meinst du, der du viel erfahrener als ich bist, jetzt, wo ich dir alles erzähle.

Ich aber antworte dir: »Es soll ja auch Frauen geben, mit denen alles viel friedlicher verläuft - Treffen und Sex und Trennung, alles in Einklang und Harmonie. So habe ich mir das vorgestellt! Aber doch nicht so auf die Brutale! Diese großen, kräftigen Weiber, die fahren wohl voll drauf ab! Hauptsache, sie haben was gegrapscht, Kalorien noch und noch, feinste Seide und Sperma dazu.«

»Ja, die Sanften soll es geben, bisweilen. Doch sei froh. Es gibt ja auch bei uns, wenn auch wenige, welche, die sind noch viel brutaler, wenn sie in der richtigen Stimmung sind. Die springen einfach auf dich zu, ob du nun das schönste Geschenk mit dir trägst oder nicht. Da heißt es Geistesgegenwart beweisen und ihnen schnell wie der Blitz die Gabe vor die zupackenden Klauen zu halten. Dann ist Mann, ist man, bist du gerettet, dann hat sie was im Mund, dann kannst du vielleicht zum Ziel kommen. Gelingt es dir aber nicht, dann hast du ihr dein größtes Geschenk gebracht: deinen Körper - dein Leben. Das aber heißt: viele, viele Kalorien, doch keine Gene für deine Kinder.«

Und du, liebe Leserin, lieber Leser des beginnenden 21. Jahrhunderts, wunderst dich, wer solches erlebt, und fragst diesen Autor namens Nitzsche, wer denn da sein Protagonist eigentlich war – und noch immer ist: Eine Spinne mit Menschengedanken? Ein Mensch, der sich als Spinnenmann fühlt? Wie kann das alles sein? Sind wohl nur Fantastereien? »Das würde doch nie ein Spinnenmann denken, vielleicht ein Mensch, ja«, meinst du und hast wohl Recht. Doch wer weiß heute schon, wie und was Spinnen denken?

Übrigens, all das, was ich dir erzählte, dachte einer, der weder Mensch noch Spinne noch beides zugleich war, sondern einer von den vielen neuen Wesen, die einst aus dem Menschen der Erde entstanden, einer von uns, die wir nun zwischen und auf so vielen Welten wohnen.

Und in diesem Zusammenhang gebe ich dir gleich noch eine Antwort auf eine Frage, die du vielleicht niemals stellst. Es geht um Die Fliege, die Kurzgeschichte von Langelaan und ihre Verfilmungen. Es geht um die Vermischung von Menschen- und Fliegen-DNA. In der Story war es nur ein Transmitter-Unfall. Doch wie jedes Kind heutzutage weiß, ist ja inzwischen alles ganz anders: Insekten-DNA, Spinnen-DNA, so manch ein Gen der Katze, all das ist in uns, die wir einst Menschen waren und mühsam auf zwei Beinen aufrecht oder krumm über die Erde humpelten, wo heute die einen als Vögel dort oben bei Tag den Himmel durchqueren, die anderen bei Nacht als Fledermäuse rufend jagen. Zugegeben, ein paar krasse Außenseiter, Nostalgiker eben haben wieder die alten Menschenaffenkörper angenommen. Auch sollen sie Geschlechter tauschen, um zu fühlen, was die andere Seite (Mann / Frau) beim Sex so fühlt, die Erfüllung eines Traumes, den einst schon, wenn auch nur – tatsächlich nur? – literarisch Nairra und ihr Geliebter Manfred realisierten. So können wir es zumindest in einem Buch, das den Titel Der Leuchtende Pfad des Magiers trägt und sogar als Original noch immer in den alten Bibliotheken steht, lesen.

Jetzt ist's aber genug mit all dem Gequatsche. Ich bin ein Spinnenmann auf der Suche nach einer neuen Braut. Mich interessieren weder Geschichte noch Theorie noch andere Wesen. Ich suche nur *sie*.

Und die Spinnenfrau, die sich nicht erinnert, weil sie nie ein Mensch war, weil alles so lange schon vergangen ist oder weil sie es einfach nicht will, denkt Gedanken, absonderliche, perverse, unglaubliche Gedanken:

Menschen sollen da gewesen sein, aus denen wir wurden!

Niemals!

Ja, Affenwesen soll's einst einmal auf Erden gegeben haben, außen so weich, ganz ohne festen Panzer!

Nein, ein Fell wie die anderen Affen hatten sie auch nicht, die waren nackt, mussten sich also Kleidung machen und drüberziehen als Fellersatz!

Doch, Reste eines Fells, oben auf dem Kopf zum Schutz

ihrer mickrigen Hirne und unter den Armen, um das andere Geschlecht mit Pheromonen in ihrem Schweiß zu locken, die hatten sie noch. Und auch von da unten stiegen individuelle Gerüche auf - ja, auch dort war ein Polster aus Haaren -, die sie schon lange nicht mehr bewusst rochen, von dort, wo die Öffnung bei den Frauen war und dieses schlaffe Ding bei den Männern hing - ach, Männchen kann man die nur nennen, kleine Möchtegernmänner, die sich Mittel kaufen mussten, wenn sie älter wurden, um da was Blutgefülltes für längere Zeit aufzurichten, weil da einfach nix Festes, kein Chitin war. Wie lächerlich! Wie haben die sich nur gepaart? Kein Wunder, dass sie ausgestorben sind.

Dieser Embolus muss ab

Da ist ja noch Flüssigseife am Daumen meiner rechten Hand. Wieder mal beim Händewaschen nicht richtig mit Wasser abgespült, denke ich und halte die Hand noch mal unters fließende Wasser, trockne sie und sehe das Malheur: Die Haut schält sich.

Ich ziehe sie ab. Neue Rosahaut erscheint.

Dann erst sehe ich die Schwarzfärbung unter dem Nagel.

Ich gehe zu den Sanitätern.

»Der Nagel muss sofort ab!«, meint einer und packt eine Pinzette aus.

»Sollten wir das nicht einen Arzt machen lassen«, frage ich, um mir Schmerzen zu ersparen.

»Nein, das muss *sofort* geschehen, wir können das!«

»Okay«, sage ich und sehe da gar nicht mehr meinen Daumennagel, sondern einen Embolus, den Tasterfortsatz am Ende des rechten Kopulationsorgans des Spinnenmannes.

Bin ich etwa ein Spinnerich und werde jetzt halb kastriert?

Ich warne noch. Doch es ist schon zu spät. Einer der Sanitäter hält ein Spinnenbein und den ganzen rechten Taster in den Händen.

Hat mit einem Ruck daran gerissen, das war falsch!, denke ich, der ich natürlich keine Spinne, sondern ein Mensch bin. Mögen sich ja bei Menschen mit der Anatomie auskennen, doch dass Spinnen ihre Beine autotomieren, d. h. an einer bestimmten Stelle abwerfen können, wenn genügend Zug auftritt, das wissen sie natürlich nicht.

Die Spinne sitzt jetzt wieder im Terrarium, scheint die Prozedur überlebt zu haben, vorerst zumindest, geht in den Reihen im Hörsaal rum.

Dann müsste sie eigentlich wieder bei mir vorne am Pult auftauchen, denke ich, der ich hier und jetzt über Spinnen doziere. Doch niemand hat sie mir gebracht.

Also stehe ich auf, um sie zu suchen und sehe gerade noch einen Studenten damit verschwinden.

Ich laufe hinterher, komme dabei aber nicht sonderlich gut voran.

Der Student schaut sich um, scheint langsam zu begreifen, dass er erkannt ist, stellt das Terrarium im Gang auf einem Schrank ab und ist auch schon verschwunden.

Ich nehme es auf und trage es ins Labor zurück, das sich im Handumdrehen in meine Wohnung verwandelt.

Exuvienzombie

»Das ist doch nur eine Exuvie, die abgestreifte Haut einer Spinne«, erkläre ich und lege die aufgehobene Vogelspinnenhülle auf den Tisch.

An ihr kann man übrigens üben, die Spinnenangst zu überwinden, fällt mir jetzt beim Aufschreiben in der Wachwelt ein.

Doch im Traum sehe ich, wie sich diese Exuvie bewegt. Der Wind?

Jetzt läuft sie auf dem Boden davon.

Mensch, die lebt ja, denke ich, habe sie auch schon ergriffen, nehme sie auf, stecke sie in einen Behälter, schaue mit einer Lupe hinein und sehe die verdickten Tasterenden.

Also ist es, ist sie ein Er, ein Spinnenmann, putzmunter zudem und jetzt, wie nicht anders zu erwarten, was sollte Mann sonst schon tun, auf Frauensuche.

Was es alles so gibt!

Reicht es nicht, wenn sich tote Menschenkörper aus ihren Gräbern erheben? Zumindest in Märchen und Mythen und Sagen – und natürlich auch in Erzählungen und Filmen.

Werden jetzt auch noch Häute lebendig?

Wenn dem aber so ist, dann werden sich jetzt wohl die Spinnen explosionsartig vermehren. Und viele ihrer Hauptbeutetiere, wie die Heuschrecken unter den Insekten, können dabei nicht mithalten, denn sie essen ja mit den Mandibeln ihre alten Häute auf, um das Material zu recyclen. Pech gehabt.

Die Garagenspinne

Bin ich also wohl wieder in der Schulzeit angelangt – aber nur in meinem Traum?

Oder feiern wir endlich doch noch ein Klassenfest – das dreißigjährige Abijubiläum?

Wie auch immer, ich jedenfalls bin dabei und führe meine große Kammspinne vor, lasse sie einfach draußen los.

Nein, nein, wir veranstalten hier kein Turnier, auch keine Zirkus»spiele«, wo Spinnen um Leben und Tod kämpfen. Ich sagte »Kamm«-Spinne, von Kamm wie Bürste, von Kampfspinne war nicht die Rede.

Die Spinne läuft nun innen an der Garagenwand entlang, dann nach vorne hin zum Tor, wo ich ihr den Weg versperren will.

Aber dazu kommt es ja gar nicht.

Denn die, die ich mit einem Fangglas erwische, ist viel zu winzig, sieht farblich anders aus und spinnt gerade ein Radnetz.

So etwas tun Kammspinnen, die ihre Beute jagend oder auch lauernd fangen, niemals, denn sie können es gar nicht. Das weiß ich sicher.

Das aber heißt?

Klar, ich habe eine andere Spinne gefangen, die Entflohene bleibt verschwunden.

Ich leuchte mit einer Taschenlampe an der Wand entlang und entdecke sie doch noch. Sie hat jetzt die Farbe der Mauer angenommen, ist nicht mehr hellbraun, sondern grau marmoriert - perfekt getarnt – zumindest in Menschenaugen.

Ich fange sie wohl ein. Vielleicht tue ich es aber auch nicht, kann mich nicht mehr daran erinnern. Denn schon geschehen ganz andere Dinge.

Soldaten tauchen auf, dort vor uns auf dem Feld.

Nein, keine Spinnensoldaten, auch keine von den Termiten, sondern menschliche Angehörige des Heeres.

Die scheinen etwas oder jemanden zu suchen.

Die Spinne oder uns?, das ist jetzt hier die Frage, *eine* Frage. Denn viel wichtiger dürfte sein: Sollen sie ihr Opfer fangen oder gleich erschießen?

Haha, mich haben sie nicht gekriegt, denn ich bin rechtzeitig aufgewacht. Hier bin ich nun in meiner kleinen Welt, die nicht spinnenlos, dafür aber soldatenlos ist, hier bei mir daheim - in Sicherheit.

Das Haus in den Bergen

Tolle Lage, denke ich, hier oben in den Bergen, dieses Haus liegt ja voll auf einem Felsvorsprung, solange der nicht hinunterstürzt, ist alles prächtig.

Was für eine Aussicht!

Ich schaue jetzt bei Sonnenschein ins Tal.

Zudem gehört dieses Haus auch noch meinem Bruder. Und ich bin erstmals hier bei ihm zu Besuch.

Dann stelle ich mir selbst eine Frage, die anderen seltsam erscheinen mag, mir aber nicht, frage mich, ob es hier in der Kälte wohl Spinnen gibt.

Sicherlich im Haus, doch auch draußen?, mag ich mir vielleicht in meinem Traum geantwortet haben, tue ich vermutlich aber erst jetzt zum ersten Mal hier unten im Tal, wo ich alles niederschreibe. Denn so logisch sind Träume nun einmal nicht.

In meinem Traum jedoch gehe ich raus, sehe mir die Felsen an und schaue in den Abgrund hinab.

Keine Mauer, kein Zaun, nichts ringsum, das dich halten könnte, wenn du taumelst, wenn du fällst, denke ich. Wenn hier Kinder spielten, oh je ...

Schwindlig trete ich zurück, blicke wieder auf und geradeaus und entdecke auch schon – eine gigantische, fast menschengroße Vogelspinne, so nah, so dicht vor mir.

Da bin ich starr vor Schreck und Staunen.

Die gibt es doch nur in den Tropen. Und so groß werden die ja auch dort nicht. Andererseits je größer, desto besser in der Kälte – doch Halt, das gilt ja nur für Tiere mit eigener Körpertemperatur, wozu Spinnen bekanntlich nicht gehören.

Während diese Gedanken noch in mir kreisen, strecke ich auch schon meine rechte Hand aus, berühre sie und schiebe sie zurück in eine Felsspalte zu meinen Füßen, die, da bin ich mir ziemlich sicher, da eben noch gar nicht war!? Und schon bereue ich meine gut gemeinte Tat.

Jetzt, wo ich dies alles in den Computer tippe, fällt mir die Eidechse ein, die ich einst in meiner Jugendfotozeit fand: halb verschüttet und dunkel gefärbt, erfroren, steif und kalt zur Winterszeit. Doch das war einst, ist längst vergangen. Anders ist es in meinem Traum.

Die Spinne ist nicht tot, ist nicht erstarrt, sondern lebt und klettert hinein, flieht vor meiner Hand.

Ich schaue ihr nach und sehe Bewegung dort drin, ein richtiges Gewimmel, und denke: Scheiße, Mann, jetzt ist sie dran, ist sicherlich ein Ameisennest, was sonst! Hätte ich sie doch nur draußen gelassen oder mit mir ins Haus genommen. Ja, so wird manch gut gemeinte Tat zur schlechten.

Dann leuchte ich doch mit meiner Taschenlampe in den Spalt und ...

Da ist ein gewaltiges Wuseln überall. Hunderte müssen das sein, Tausende von Individuen! Und es sind gar keine Ameisen, sondern Spinnen, allesamt von ihrer Art.

Ich ge...

Wache auf und erinnere mich. Sitze jetzt am Frühstückstisch, den warmen Ofen im Rücken, denke nach: Was sind das nur für Spinnen?

Kälteangepasste Giganten einer bisher unbekannten Unterordnung oder ins Riesenhafte gewachsene sozial gewordene Vogelspinnen?

Wie konnten sie entstehen? Wovon ernähren sie sich? Werden sie sich immer weiter vermehren?

Und wie werden sie sich uns Menschen gegenüber verhalten?

Und schließlich, was sollten wir, was werden wir dann tun, wenn es denn zur Konfrontation kommt?

Die Kammspinne

Habe ich Gäste und führe ihnen meine Spinnen vor?

Oder bin ich bei jemandem zu Besuch und *er* zeigt mir *seine* Tiere?

Oder ist alles eins in diesem Traum, in dem sich alles vermischt, so wie es meistens in Träumen ist?

Es wird wohl doch bei mir zu Hause sein.

»Nicht rausholen!« sage ich noch. Doch das Terrarium ist schon offen. Es ist zu spät. Schon ist die große tropische Spinne entflohen, eine Kammspinne der Art *Cupiennius salei,* also relativ harmlos. Aber ihre nächsten Verwandten können für Menschen tödlich sein. Doch bin ich mir überhaupt sicher, ob es tatsächlich diese Art ist und nicht doch eine der gefährlicheren Verwandten? Denn bestimmt habe ich sie ja nie.

»Achtung, die sind schnell!«, rufe ich jetzt und versuche sie zugleich einzufangen.

Doch das Fangglas ist zu klein. Und die Spinne hat längst eine andere Gestalt angenommen. Richtig wuschelig pelzig ist sie geworden, von schwarzbrauner Färbung und bedächtig, gemächlich, außer wenn sie beim Beutefang zuschlägt.

Avicularia, denke ich, so heißt die Gattung. Sie hat Haftpolster an den Füßen, rennt nicht davon, ist ja eine von den baumbewohnenden Vogelspinnen.

Also nehme ich jetzt ein größeres Plastikglas, um sie einzufangen und in ihr Terrarium zurückzusetzen.

Irgendwie und irgendwann, wie auch immer, muss sie mich gebissen haben. Denn jetzt sehe ich die beiden Punkte in der Haut, die Wunde an der Hand. Und im Bein ist ein zweiter Biss.

»Verdammt, die hat mich erwischt!«, rufe ich noch, und schon wird mir schwindlig. Sehr giftig soll die Art ja nicht sein, fällt mir ein, und schon beginne ich zu schwanken. Oder bilde ich mir die Giftwirkung nur ein? Wie auch immer, sicher ist sicher, ich setze mich erst einmal, lege mich hin, atme tief durch, erhole mich so. Ja, das tut gut.

Irgendwann später gelingt es. Ich fange die entflohene Spinne ein, setzte sie zurück in ihr Heim.

Alles ist gut. Ein Happyend in einem Spinnentraum. Erstaunlich.

Keine Springspinne

Dort an der Wand über dem Gasofen steht ein Regal voller Spinnenbehälter - kleiner Terrarien mit jeweils einer Spinne einer bestimmten Art darin. Die Behälter sind etikettiert.

Jetzt überprüfe ich sie alle noch einmal. Dabei fällt mir in der obersten Reihe ganz rechts ein Behälter ohne Etikett auf. Was für eine ist denn da drin?, frage ich mich und schreibe »Springspinne« dran.

Ich fotografiere sie mit meiner Digitalkamera, übertrage das Bild in den PC und versende es ins Internet.

Am gleichen Tag noch kommen auch schon die E-Mails mit der Kritik, dass das da oben doch niemals eine Spinne sein könne.

Mmh, ich schaue sie mir noch einmal näher an. Tatsächlich, es ist keine Springspinne. Es ist überhaupt keine Spinne.

Ich nehme sie heraus, halte sie in der Hand und fühle ihre Körperwärme. Ja, er oder sie ist tatsächlich ein Säugetier. Und ich kenne ja auch den deutschen Namen dieser Art. Es ist ein Meerschweinchen. Hätte ich ihm doch zuvor nur mal kurz in den Mund geschaut, dann wäre mir gleich alles klar gewesen. Denn Spinnen haben nur eine schmale Mundöffnung ganz ohne Zähne darin. Ihr erstes Gliedmaßenpaar, die Chelizeren mit den Giftklauen haben an ihrer Basis zahnartige Strukturen, mit denen die meisten Spinnenarten ihre Beute zerkauen, um dann den Beutesaft einzusaugen.

Doch wo kommt das Meerschweinchen überhaupt her?

Gab es mir der Zoohändler etwa in der Tüte mit den Grillen mit?

Diese Fragen stelle ich mir noch im Traum.

Wie unwahrscheinlich diese Art des Erwerbs oder gar eine Verwandlung ist, fällt mir erst im Wachzustand auf.

Riesenschaben?

Da buddele ich also im Garten riesengroße Schaben aus und belehre meine Schwester: »Siehst du, man muss sie als Futtertiere für Spinnen gar nicht kaufen, man findet sie auch hier.«

Bei ihr in der Wohnung wimmelt es übrigens von vielerlei Krabbelgetier, Grillen und auch Riesenkrabbenspinnen, die wohl getürmt sind. Denn die Haltungsbehälter sind alle offen. Eben hatte ich noch versucht, letztere einzufangen, erwischte auch einige, doch wie sich herausstellte, gehören sie zu ganz anderen Arten als die, die entflohen. Ließ es schließlich sein, ging nach draußen und fing die Riesenschaben.

Wieder zu Hause schaue ich mich bei mir in der Wohnung um. Noch eine Riesenschabe, denke ich verwundert. Dabei fing ich doch schon tags zuvor eine, woher auch immer die stammen mag, denn vom Garten meiner Schwester brachte ich keine mit, aus dem Terrarium meiner ältesten Vogelspinne, einer baumbewohnenden *Avicularia*, heraus.

Die neu entdeckte sitzt nicht im Terrarium, sondern auf einer Pflanze am Fensterbrett in der Küche.

Also heißt es, vorsichtig einen von den großen Plastikfangbehältern zu nehmen, mich langsam zu nähern und ihn drüberstülpen.

Geschafft!

Und wo ist jetzt der Schaumstoffverschluss?, frage ich mich noch, als sie schon unten rauskletter, ins abdeckungslose Terrarium läuft und in der Gespinströhre verschwindet.

Ich bin vollkommen baff: Denn wie ich jetzt erst entdecke, ist es ja gar keine Schabe, sondern eine schwarzrote Vogelspinne. Sorry, jetzt sehe ich die verdickten Tasterenden, also ist's keine Spinnenfrau, sondern ein Spinnenmann.

Und schon ist *er* bei *ihr* in *ihrem* Heim.

Also heißt's: Glasdeckel wieder drauf und im Nachbar-terrarium nachschauen. Da müsste ein Typ derselben Art drin sein.

Er ist es nicht. Also ist er dort entflohen und hat es jetzt auch noch mit meiner Hilfe geschafft, zu ihr zu gelangen.

So ist es. Alles ist klar und lässt sich einfach erklären, wenn da nicht zuvor eine Riesenschabe gewesen wäre, die ich eindeutig als solche erkannt hatte. Denn solch ein Insekt verwechsle ich als Biologe doch niemals mit einer Spinne – es sei denn, in einem Traum.

Ich wache auf.

Ein seltsamer Schnellkäfer

Plötzlich gepackt, hochgehoben von etwas Warmen, vorsichtig wieder abgesenkt, finde ich mich wieder in einer anderen Welt. Mit meinen neuen Sinnen schaue, höre, rieche, taste ich mich um.

Wirklich seltsam ist das. Irgendwo oben - nein, das ist wiederum nicht so eigenartig, denn Spinnen, wenn auch nicht alle, sind wahre Kletterkünstler - oben also auf einem schmalen Grat geschieht es. Dort, dicht vor meinen Augen, sehe ich einen eingewickelten Käfer und die Spinne über ihm. Der ist in Seide eingepackt, sicher längst tot, denke ich. Vielleicht aber lebt er doch und wird so aufbewahrt, lebendig begraben in einer Seidenhülle, Vorrat für kommende Tage.

Die Spinne beschäftigt sich gerade mit einem zweiten Käfer, da taucht noch ein dritter auf, von länglicher schmaler Gestalt, von der gleichen Art wie die anderen beiden, mit den typischen Dornen zwischen Brust und Hinterleib an beiden Seiten.

Elateride, denke ich, Schnellkäfer. Wenn einer seiner Art auf den Rücken fällt, betätigt er einen Mechanismus, und zack - schnellt er sich empor und landet wieder auf den Beinen.

Hier aber geschieht etwas ganz anderes, gar Seltsames: Denn dieser dritte geht auf die Spinne zu, und das auch noch aufrecht auf zwei Hinterbeinen, als wäre er ein Mensch.

Und *er* ist es, der die Spinne verjagt und seine Artgenossen befreit, die beide noch leben.

So sind sie nun zu dritt, denen dieser schmale Grat hier oben im Irgendwo einer menschenfernen Welt gehört.

Dies alles sah ich mit meinen eigenen Augen und nahm es zugleich mit Spinnen- und Käfersinnen aus ihren Perspektiven wahr.

Soweit ist also alles klar.

Doch wenn das so war, wer bin dann ich? Was für eine Art von Voyeur? Bin ich ein Mensch? Was tue ich dann hier, wo immer dieses Hier sein mag? Bin ich ein kleiner Gott?

Greife ich ins Weltgeschehen ein oder schaue ich nur zu, wie Zufall und Notwendigkeit, Mutationen, Selektion, Lernen und all diese Dinge das Leben verändern und dies alles mit, ohne oder in GOTT?

Ich gehe weiter durch diese neue Welt. Ich gehe auf zwei Beinen. Ich schaue auf meine Füße hinab. Hier ist weder Wasser noch ein anderer Spiegel. Mein Gesicht habe ich also noch nicht gesehen. Doch meine Beine sehen aus, wie sie immer aussahen. Also bin ich wohl, was ich zuvor schon war, ein Mensch, ein Mann - ein Menschenmann, was sonst?

Erinnere ich mich, flüstert es mir in diesem Augenblick jemand zu oder träume ich nur davon?

Nein.

In meinem Körper muss so etwas wie ein Chip, natürlich voll organisch und von Menschengeräten nicht aufspürbar, implantiert sein, der alles automatisch aufzeichnet.

Weiter bewege ich mich mit Füßen oder im Geist. Und während ich gehe, fällt mir nicht ein, dass das eben Erlebte vielleicht nur eine Traumerinnerung gewesen sein könnte, viele Jahre nach der Lektüre von *Biene Maja*, die vom tapferen Mistkäfer Kurt aus dem Netz der hinterhältigen Kreuzspinne Thekla befreit wird.

Spinnenfamilie und Spinnenesser

Es ist natürlich nicht der erste, aber wieder einmal ein Traum von Spinnen. Angst habe ich keine vor ihnen, nicht verwunderlich, wo sie doch überall um mich herum leben.

Irgendwie sehr menschlich, fällt mir nach dem Erwachen ein. Ja, das war es.

Eine Spinnenfamilie: Mann und Frau. Und ihre Kinder kamen lebend zur Welt!

Ich nehme meine Kamera und fotografiere.

Und dann ... liegen sie alle verschmort und verbrutzelt auf einem schwarzen Kerzenständer.

Aber da sind ja auch noch zwei Netzspinnen. Jede hat etwas gefangen.

Ich denke: Die hätten sich bestimmt nicht mit den Vogelspinnen, also war's eine Vogelspinnenfamilie gewesen, die es erwischte, vertragen, und gehe näher ran.

Das ist doch *Ero*, sieht so aus, ja, sie ist es, die ich damals vergeblich für eine mögliche Diplomarbeit suchte und niemals fand.

Doch ist die denn so groß? Die hat doch ... muss noch näher ran und mir das genau ansehen, ja, sie ist es. Und natürlich ist nicht *sie* die Beute, sondern sie hat als Spinnenesserin die Bewohnerin des Radnetzes erwischt und saugt sie nun genüsslich aus.

Aber da ist noch etwas, eine eingewickelte Beute im Netz der anderen im gleichen Behälter.

Was oder wer mag denn das wohl sein?

Das schaue ich mir näher an, hole sie raus, packe sie aus.

Ein kleiner Mann?, frage ich mich voller Verwunderung, Bestürzen, Entsetzen und – mein Gott - wache auf.

War *ich* das?

Spinnenkampf

Da ist sie ja, die große Radnetzspinne mit zwei Höckern auf dem Hinterleib.

Ihr Name fällt mir hier im Traum nicht ein. Erst beim Verfassen dieses Textes schaue ich im Spinnenfotoatlas nach: Gehörnte Kreuzspinne, wissenschaftlich *Araneus angulatus*, finde ich da.

Die andere aber ist *Amaurobius*, eine Finsterspinne – ziemlich groß ist sie auch, eine Art aus dem Keller mit Namen *ferox*. Und was ich wiederum erst später, Tage nach meinem Traum lese, ist dies: »ferox« heißt »wild«.

Beide sitzen sie da, Chelizeren an Chelizeren, die Giftklauen verklammert, verschränkt, verbissen?

Isst *Amaurobius* etwa *Araneus* auf? Oder umgekehrt? Herrscht da ein Patt? Sind beide ineinander verhakt, bis eine aufgibt, beide nachgeben oder beide sterben?

Dann ist da noch ein langer Faden, der sicherlich von der Radnetzspinne stammt und sich quer durchs Zimmer spannt.

Ihn betrachte ich voller Staunen und habe schon die kämpfenden Spinnen vergessen.

Unter dem Faden hindurch führe ich meinen Besucher, wer auch immer er sein mag.

Jaja, es ist ein Mensch.

Ich aber habe die Spinnen gesehen.

Also kann ich mich an sein Gesicht nicht mehr erinnern. Denn Spinnensinnen scheinen alle Menschen gleich.

So soll es ja auch Menschen beim Anblick von Spinnen ergehen, soweit ich mich noch trübe erinnern kann.

Und obwohl sich nun einiges in meiner Wohnung und in mir verändert hat, fühle ich mich hier nach wie vor zu Hause.

Tentakelspinnen

Welch seltsamen Traum ich da doch träumte. *Pisaurella* hieß die Spinnengattung, also wäre sie verwandt mit unserer einheimischen *Pisaura*, über die ich einst acht Jahre an der Uni arbeitete. *Pisaurella* jedoch lebte nicht in Europa, sondern in Amerika. Jetzt beim Erwachen denke ich noch weiter: Es gibt eine Verwandte in den USA, die jedoch heißt *Pisaurina* und niemals *Pisaurella*. Aber jetzt ist Wachzeit. Traumzeit war zuvor.

Es geht um Spinnen. Ich befinde mich irgendwo in den Vereinigten Staaten von Amerika, weil ich dachte, diese Spinne sieht doch auf Abbildungen ganz wie meine *Pisaura* aus. Habe einige lebende Exemplare aus Deutschen Landen mitgebracht und will versuchen, ob sich beide Arten - wenn es denn Arten sind - paaren. Wenn es klappen würde und es dann auch noch fruchtbaren Nachwuchs gäbe, dann wäre es ja nur eine Art einer Gattung, die nur einen Namen braucht, und das ist der der Erstbeschreibung, der da lautet: *Pisaura*.

Irgendwo im Freiland sehe ich sie jetzt dicht vor mir. Sie wimmeln in einem Haufen wie Waldameisen herum. Mein Gott, die sind ja sozial!

Dann schaue ich genauer hin, gehe also ran, bin vollkommen baff.

Zunächst fallen mir die riesigen, vorne extrem verdickten Pedipalpen, die beinartigen Taster der Männer, auf, die allen Spinnen als Begattungsorgane dienen und in diesem speziellen Fall so beschaffen sind wie die von einer anderen Art aus derselben Familie namens *Thaumasia argenteonotata*, die ich einst vom Bekannten Wolfgang aus Panama erhielt.

Dann sehe ich das, was es gar nicht geben kann. Denn die Spinnen wimmeln ja gar nicht wie Ameisen herum, sondern bewegen sich wie Seeanemonententakel an langen Stielen, die irgendwo dort unten enden mögen.

Meine Spinnen aus Europa laufen heran, vermutlich von den anderen angezogen, auf welche Art auch immer. Sie haben keine Chance: werden gepackt, hineingezogen und aufgegessen.

Ich sitze geschockt nebendran und tue nichts, kann nichts tun, schaue nur zu.

Bin ich etwa eingeschlafen?

Wie auch immer, jetzt bin ich wach und liege hier neben den Tentakelspinnen und schaue an mir hinab.

Einige dieser Spinnen sitzen auf mir.

Ich streife sie ab, d. h. versuche es, was mir nicht gelingt.

Oh nein, sie sitzen gar nicht *auf* mir, ihre Tentakel sind *durch* meinen Körper gewachsen. Sie saugen mich aus. Das ist mir klar (wie in den Filmen mit den Körperfressern, werde ich später denken). Die müssen weg. Ich streife sie ab und fliehe.

Gerettet!

Gerettet? Was mache ich jetzt nur?

Will einfach wieder hin zu ihnen.

Um ihre Realität zu beweisen und die Menschheit vor ihnen zu warnen?

Ich will es ja gar nicht, sondern tue es einfach nur.

Weil sie mich riefen?

Tat ich es denn und kam wohlbehalten zurück?

Oder tat ich es nicht?

Was immer ich tat, was auch immer geschah oder nicht geschah, jetzt sitze ich jedenfalls in einem Rollstuhl und rase einen Abhang hinab, bremse mit den Füßen – die ich übrigens bewegen kann – weshalb sitze ich dann in einem Rollstuhl?, frage ich mich. Da fällt mir ein: vielleicht zur Entlastung der verkrümmten Wirbelsäule.

Noch immer rase ich hinab, lenke und fahre im Kreis dort unten um einen See, sause auf der Uferböschung dahin, bremse und umkreise den See immer und immer wieder von neuem, werde schließlich doch noch langsamer und - wache auf.

Verschwunden und verwandelt?

In einem kleinen Terrarium sitzt die große Vogelspinne – *sie*, die Frau, die Vogelspinnenfrau. Ich setze den Mann zwecks Paarung zu ihr und lasse sie beieinander.

Endlich habe ich das größere Terrarium eingerichtet. Also suche ich jetzt nach der Vogelspinne, um sie in ihr neues Heim zu setzen.

Doch ich kann sie nirgendwo finden.

Auf ein Neues: Ich schaue in allen Zimmern unter Schränken und in Ecken nach und – habe Erfolg.

Doch es ist nur eine kleine Vogelspinne derselben Art, die ich einfange.

Besser eine kleine als gar keine, da war das Suchen nicht umsonst, denke ich und setze sie erst einmal in ein eigenes Terrarium.

Dann entdecke ich endlich auch die große Vogelspinnenfrau. Vom Spinnenmann aber fehlt jede Spur.

Da fällt mir noch etwas ein: War da nicht noch ein einzelnes Spinnenbein bei ihr?

Ob es wohl vor kurzem noch *ihm* gehörte? Und ein Bein ist alles, was von ihm blieb?

Aber so dick - voll gegessen und voller Eier, wie sie ist, die packt doch kaum noch einen solch großen Spinnenmann?

Wie auch immer. *Sie* ist gefunden und kommt in ihr neues Heim.

Dann ...

Da sind nirgendwo Spinnen, auch keine Terrarien mit Erde und Pflanzen und kleinen Wasserschüsseln, sondern Aquaterrarien, jeweils nur einige Zentimeter hoch flächenmäßig zu einem Drittel mit Erde, zu zwei Dritteln mit Wasser gefüllt. Rotwangenschmuckschildkröten sonnen sich dort mit ausgestreckten Köpfen und geschlossenen Augen. Mit breit nach hinten ausgestreckten Hinterfüßen tanken sie die Wärme der Lampe.

Wie Olaf starb

Irgendwo und irgendwann wuchsen auf Leinwänden und Fernsehbildschirmen Spinnen zu gigantischer Größe an. Menschen aber blieben so groß, so klein, wie sie waren.

Auch gab es einst einmal einen Film, in dem ein Mensch immer mehr schrumpfte und schließlich aus der für Menschensinne wahrnehmbaren Welt verschwand. Zuvor jedoch begegnete er ...

Hier und da war klar, was mit kleinen Menschen geschieht, wenn sie großen Spinnen zu nahe kommen. Denn Spinnen sind Carnivoren – Fleischesser: Lauerer, Jäger und Fallensteller.

»Ich bin! Ich bin! Ich bin!«, rief er dreimal in den Tag und dreimal in die Nacht: »Ich bin! Ich bin! Ich bin!«

So groß und mächtig kam er sich vor, göttergleich.

Denn alle kannten ihn.

Und er war der Erste und Beste. Das war klar.

Doch wundersamerweise machte ihn jedes Prahlen mit seiner Existenz ein Stückchen kleiner.

Schließlich war seine einst so mächtige und donnernde Menschenstimme zu einem Piepsen dahingeschmolzen. Jetzt war er nicht größer als ein winziges Insekt.

Verwirrt blickte es sich um und - begann auch schon zu rennen.

War da jemand hinter ihm her?

Eine Katze gar?

Nö! Weder sie noch sonst irgendwer.

Also war er wohl völlig durchgedreht.

Doch in nicht allzu weiter Ferne lauerte sie, nahm mit den Haaren ihrer Beine seine Vibrationen wahr.

Blitzschnell packte sie zu. Und schon war's aus mit dem kleinen Menschenwichtel, der sich vor noch nicht allzu langer Zeit so gottgleich gefühlt hatte. Jetzt wurde er eingespeichelt, aufgelöst von ihr in ihrem Haus. Alles saugte sie von ihm auf, was verwertbar war. Knochen und Kleidung ließ sie als verklebte dunkle Masse einfach draußen fallen.

Dann »legte« sie sich wieder auf die Lauer. Denn diese Spinne hatte Zeit, alle Zeit der Welt. Irgendwann würde wieder irgendwer kommen ...

Und natürlich ist diese Geschichte gänzlich erstunken und erlogen. Wir wissen ja alle, dass nicht nur Politiker, sondern auch Dichter lü..., äh, die Unwahrheit sagen. Denn in unserer realen Welt - wenn es die denn gib -, also in »Wahrheit« fanden sie Olaf in voller Menschengröße in seinem Zimmer im Heim in Klingenmünster völlig atemlos und starr. Offizielle Todesursache: Herzversagen.

Zombiespinne

Befinde mich auf einer Insektenbörse, wo es neben Insekten und einigen Reptilien auch Vogelspinnen zu kaufen gibt.

Und was tue ich dort? Bin ich Besucher oder ...

Tatsächlich, ich stelle dort aus. Doch präsentiere ich dort wirklich meine »eigenen« Spinnen in solch kleinen Boxen?

Ist ja die reinste Tierquälerei!

Vielleicht.

Oder etwa doch nicht?

Hat schon einmal irgendwer eine Spinne gefragt, ob sie sich in solch einem Kasten eingesperrt fühlt?

Was empfinden Spinnen wie?

Manche von ihnen bewohnen auch draußen im Freiland, in der Natur nur ein kleines Versteck im Boden oder unter einer losen Borke, in Blattachseln oder in ihrem Gespinst, lauern dort bei Nacht am Eingang / Ausgang auf Beute, fast ihr ganzes Leben lang in allen Stadien, es sei denn, jemand oder etwas stört sie und holt sie raus, etwa eine Affen-Menschenhand oder ein Vogelschnabel.

Klar, die Vogelspinnenmänner, die sind unterwegs bei Nacht, auf der Suche nach ihr, der Spinnenfrau.

Und dann gibt's natürlich auch Arten, die laufen schon die Gegend ab, wenn sie Hunger haben. Und auch die zahlreichen Springspinnenarten sind aktive Jäger. Andere hingegen ..., doch von denen haben wir ja schon gesprochen. Ich schweife ab.

Seltsam, diese vielen großen Vogelspinnen in solch kleinen Boxen, denke ich noch.

Immerhin sind sie ja alle munter.

Halt. Nicht alle, eine scheint tot zu sein. Also in den Alkohol mit ihr zur Konservierung.

Später hole ich sie mit der Pinzette wieder raus.

Da läuft sie auch schon davon.

War sie gar nicht tot? Oder ist sie es noch immer bzw. auch wieder nicht, nicht lebendig, nicht tot, also untot, zum Zombie geworden?

Zombiespinnen dürften selbst neu für Hollywood sein!

Wie auch immer, all das ist gänzlich ohne Belang. Was zählt, ist nur eins: Hier ganz real existiert sie ja. Und das ist doch bedeutend schlimmer, oder nicht?

Außerdem zirpt es überall.

Aha, die Grillenmänner sind getürmt, sollten eigentlich den Spinnen als Futter dienen, Ist ja fast wie bei mir zu Hause in der Wohnung, wo sie hinter den Öfen und dem Kühlschrank sitzen, dort, wo es schön warm ist in der Nacht - und auch am Tag.

Einer kommt mir nahe.

So kann ich ihn erkennen: Das ist ja gar kein Grillerich, ist mir sofort klar, als ich sehe, was er da tut.

Denn schon packt er, nein, packt sie mit ihren bedornten Vorderbeinen zu, hat eine Grille ergriffen und beginnt sogleich mit dem Festn tagsmahl.

Ja, so machen es all die Mantiden, auch Gottesanbeterinnen genannt.

Da wird es hier bald ruhiger werden, dann ruhig sein.

Stille Nacht, heilige Nacht, fällt mir ein.

Der Tänzer

Der da tanzt
in der Nacht unter den Linden
ach lautlos tanzt
beim Klang der Kirchenglocken
die zwölfmal schlagen
über das Pflaster, über den Stein
er ist es

Er ist es
zu dem es dich zieht
aus deinem Versteck
ihn zu fesseln, zu umgarnen
Doch den ewigen Tänzer
Spinnenfrau
den fängst du nie

Spinnengöttinnen und Spinnen»götter«

Feuerüberfall

Ich bin ein Mensch, was sonst! Wie könnte ich dir sonst dies hier alles in einer Menschensprache berichten. Ich sitze jetzt hier bei mir zu Hause spät morgens am Frühstückstisch und höre mir die abends zuvor auf Kassette aufgenommene Techno-Musik an. Denn als arbeitsloser ALG2-Empfänger kann ich mir ja meine Arbeit, haha, die ich angeblich gar nicht habe und die aus Nebenerwerbsverlag, Schreiben, der Versorgung meiner Haustiere – Vogelspinnen - und Hausarbeit sowie Behörden- und Arztbesuchen besteht, frei einteilen.

Da brechen unverhofft, aber wirklich optimal zum Sound passend - das kann doch kein Zufall sein!, denke ich noch - durch Tür und Fenster vermummte Männer in schwarzen Uniformen herein, ballern um sich, was das Zeug hält.

Die Küche ist jedenfalls hin.

Ich aber spüre keinen Schmerz.

Kommt der noch oder haben die mich etwa nicht getroffen?

Kaum zu glauben bei all dem Chaos, es sei denn, alles wäre nur ein Traum.

Oder bin ich gar der Filmheld in einem Hollywoodstreifen, der höchstens im Endkampf gegen den Erzschurken ein paar Kratzer abbekommt und natürlich erst da um ein Haar, also gar nicht, niemals stirbt?

Wie auch immer es ist und was auch immer in irgendeinem Drehbuch stehen mag, das soll mich jetzt nicht kümmern. Ich renne in mein Wohnzimmer, öffne ein kleines Terrarium, drücke die dort tagsüber ruhende Trinidadvogelspinne mit wissenschaftlichem Namen *Psalmopoeus cambridgei* zu Boden, greife sie mit Daumen und Zeigefinger zwischen zweitem und dritten Beinpaar, hebe sie heraus und drehe mich um.

Da stehen sie vor mir mit ihren schussbereiten Schnellfeuergewehren, wollen schon »Hände hoch, Waffe fallen lassen, auf den Boden!« schreien, tun es nicht, nie mehr. Sekundenlang schauen sie mich staunend an.

Ich aber halte Ihnen noch immer stumm meine Spinne entgegen.

Einer fängt an, die anderen fallen ein in den Chor, krümmen sich vor Lachen, haben ihre Hightechknarren längst gesenkt.

Das hatten sie nicht erwartet – einen bewaffneten Terroristen, na klar, doch einen Spinner, zudem noch mit Spinne in der Hand.

»Anansi soll euch holen für das, was ihr mir angetan habt!«, brülle ich ihnen jetzt endlich meinen Zorn entgegen.

Sie lachen noch immer, kriegen sich einfach nicht mehr ein.

Nur einer schaut kurz auf, blickt sich suchend um.

Weil sich seine Nackenhaare sträubten?

Weil er ahnt, was kommen wird?

Kommt denn da was?

Doch, doch, hui, das geht rasch! Ehe sie es kapieren, ohne dass sie es jemals verstehen werden, denn dazu bleibt keine Zeit, sind sie auch schon allesamt von gewaltigen haftpolsterbepackten Spinnenfüßen ins »Nichts« hinfort genommen worden.

Jetzt aber kichere *ich* und setze dankbar meine kleine Vogelspinne zurück in ihr Heim.

Die anderen dort draußen erhörten meinen stillen Ruf und nahmen die Menschen mit sich fort.

Das aber heißt: Sie alle - die, die ich rief, und die, die ich nicht rufen konnte - wissen nun, wo Menschen zu finden sind. Und nun, wo sie sie gekostet - lecker, zudem fast nackt, ohne Außenpanzer - und gelernt haben, wie leicht sie doch zu erbeuten sind, werden sie erneut die Grenzen der Dimensionen durchbrechen. Sie werden wiederkommen. Sie werden von Zeit zu Zeit die Erde besuchen, immer wenn es ihnen danach gelüstet. Sie werden es tun, nicht weil sie in ihrer Welt Hunger leiden, nicht weil sie alle Feinschmecker sind - das sind sie bis auf wenige unter ihnen nicht -, sondern weil ein Menschlein etwas Besonderes ist, was es bei ihnen nicht gibt, und weil sie so neugierig sind wie Delfine, Menschen und ihre kleinen Springspinnenverwandten hier unten auf Erden.

Ich weiß das alles, ich muss es ja wissen. Denn ich bin ..., nein, nicht King Kong, der Riesengorillamann, der sich jetzt imponierend auf die Brust trommelt, wie sollte ich das auch sein, schließlich bin ich ja eine Frau.

Ich hebe meine Menschenarme empor und verwandle mich weder in eine Werwölfin noch in eine Vampirin, sondern zeige mich in meiner wahren, palpenversehenen achtbeinigen Gestalt. Meine beinartigen Taster und die ersten beiden Beinpaare ragen in die Lüfte auf. Dazwischen aber liegen meine Cheliceren, deren Giftklauen ich ausgeklappt habe. Fauchend stridulierend stehe ich nun auf allen Vieren. So gäbe ich mich all meinen Spinnen hier in meinem Zimmer als eine der ihren zu erkennen, wenn sie es nicht längst schon wüssten, dass ich eine Spinnengöttin bin.

Hinter Glas

Du betrachtest deine Vogelspinne im Terrarium.

Einst lebte sie in ihrer Welt. Dann fing sie jemand und brachte sie über den Ozean in ein Zoogeschäft, wo du sie erwarbst. Jetzt lebt sie hier bei dir.

Ob sie weiß, was mit ihr geschehen ist?

Nein! Das glaubst du nicht und kannst es doch gar nicht wissen.

Sie lebt ja nur im Jetzt und Heute, denkst du.

Hier hat sie sich eingerichtet, ein neues Gespinst gewoben.

Hier liegt sie auf der Lauer.

Hier sonnt sie sich und schläft und fängt ihre Grillenbeute.

Du öffnest deine Augen: »Wo bin ich?

Du erinnerst dich an nichts. Wer bin ich?«

Die hübsche Schwester lächelt dich an.

Du schaust dich um. Weiße Wände, Betten, leer, bis auf deins.

Sie erzählt dir von deinem Unfall.

Du erinnerst dich an nichts, dämmerst dahin und träumst. Du träumst, du hörtest eine Stimme und jemand spräche in einer dir gänzlich fremden Sprache von Dingen, die niemals für deine Ohren bestimmt sein können. Du hörst die Worte, die wie Wispern, nein, eher wie ein Stridulieren sind, so, als strichen dort Haarbüschel und Borsten gegeneinander, ganz so wie es Spinnen tun. Du hörst alles und verstehst - doch nichts.

»So ist es besser«, meint die kräftigere, autoritäre Stimme - sie erklärt es der Auszubildenden hier in der Abteilung, »so ist es besser für ihn, wenn er glaubt, noch immer auf seiner Erde zu sein. Ein Unfall, Gedächtnisschwund, optimal.

Den ersten, den wir holten, setzten wir in einen leeren Raum mit Licht für den Tag und Dunkelheit für die Nacht. Der Raum hatte ein Fenster, das war verschlossen. Wir sahen ihm am Tag zu - das ist bei ihm die Nacht - und sahen ihn dort liegen und ruhen mit geschlossenen Lidern, hinter denen seine Augäpfel zitterten. Wir wussten, er träumt. Dann aber ging einer in der Nacht - seinem Tag - zu ihm und schaute hinein. Er muss hinausgesehen haben. Der war nicht mehr zu retten, er schrie und schrie und hörte nicht mehr auf zu schreien. Sein Verstand war völlig hinüber. Schließlich erlösten wir ihn von seinen Qualen, wie wir es mit allen leidenden Kreaturen tun - aus Nächstenliebe.

Dort unten haben diese Menschen übrigens etwas Ähnliches wie wir. Sie nennen es »Zoo«, sperren Tiere darin ein, die sie besuchen, begaffen und bestaunen. Einige wenige von ihnen überlegten sogar schon, wie es ist, so ein Tier zu sein, ob sie dann um ihre Gefangenschaft wüssten und was sie dann täten, wüssten sie es.

Sie sperren übrigens auch welche ihrer eigenen Art hinter Gitter. Nein, nein, nicht in den Zoo, das heißt anders - »Gefängnis« oder »Knast«, ja, so nennen sie das. Da drin lassen sie ihre Artgenossen viele Sonnenumläufe lang leiden und erlösen sie nicht von ihrem jämmerlichen Leben. Welch seltsame Wesen diese Menschen doch sind!

Schau ihn dir gut an, wie er jetzt da liegt und schläft, wie süß und zart. Denke immer daran, er und all die anderen seiner Welt, die wir hier bei uns haben, sie alle sind ja so verletzlich, gehen schnell ein. Merke dir das gut, wenn du ihn in den nächsten Dekaden pflegst. Ja, sie werden nicht alt.

Aber merke dir vor allem, lege immer einen Menschenkörper an, wenn du in seiner Nähe weilst. Zeige dich ihm niemals in deiner wahren Gestalt. Denn du weißt ja jetzt, was sonst mit ihm passiert. So ist es besser, wenn er und die anderen glauben, noch immer auf ihrer Erde zu sein. Niemals dürfen sie die Wahrheit erfahren, niemals!«

Im Radnetz

»Hui«, spricht Arachne, lehnt sich aus dem Fenster des Labors und hält ihre Beine tastend vorgestreckt in den »leeren« Raum, in eisigen Wind und Schnee.

»Scheißwetter!«, höre ich ihren Geist murmeln und sehe sie gewandt auf allen Achten zu ihrer Warte laufen, sich kopfunter drehen und schon wieder lächeln.

Auch Spinnen meditieren!

All dies geschieht, während ein kleiner Mensch - ein Menschlein - kreischend? – nein, still in den klebrigen Fäden ihres Radnetzes hängt und sich kein Bisschen daran erinnern kann, wie er hier hineingekommen ist. Er weiß, was Spinnen essen. Ach, wie gut kennt dieser Arachnologe die Spinnen. Wie oft hat er, der große Mensch, »seinen« kleinen Lieblingen grünglänzende Fliegen serviert, lebend, versteht sich. Oft schlugen sie noch mit ihren Flügeln und zappelten mit den Beinen, nachdem sie von den beiden Spinnenklauen, den Chelizeren, ergriffen worden waren.

Was für ein Mensch?

Welch kleiner Mensch?

Ein kleiner, großer Mensch.

Und der bin ja *ich*!

Ohne Bewegung fällt man nicht auf. Doch ohne Bewegung kommt man auch nicht aus dem klebrigen Netz heraus. Das magst du denken, liebe Leserin, lieber Leser, und hast natürlich Recht. Doch so einfach sind die Dinge in der Natur nun einmal nicht. Verharren und Abwarten heißt nicht immer Überleben, zumindest nicht für längere Zeit. Denn auch ohne ein Zappeln ... Schau selbst:

Arachne schüttelt ihr Netz ein wenig, mit allen Beinen zugleich. Da ist doch eine Masse! Irgendetwas zieht die Fäden tiefer!, meldet ihr Spannungssinn. Lauf hin!

Ich sehe sie kommen, größer und größer werden, und das geht rasch! Sehe ihre Taster sich strecken, ihre gewaltigen Klauen sich öffnen, schreie meinen letzten Schrei, denn schon bohren sie sich in meine Brust und meinen Bauch. Welch feuriger Strom! - denke ich noch - das Gift der Spin...

Arachne reißt ihre Beute los. Bewegungslos nach dem Biss und klein wie diese ist, lohnt sich da kein Umspinnen. So beginnt sie gleich mit der Verdauung vor dem Mund: einspeicheln, aufsaugen, einspeicheln, aufsaugen und kauen. Lecker und süß, ein niedliches Wesen, hmm.

Dann isst sie ihr Netz. Und nichts bleibt von der Tat, abgesehen von den Knochen, die sie auf den Boden fallen lässt.

Am nächsten Tag zieht sie ein neues Netz, diesmal nicht hier drinnen, sondern draußen vor der offenen Zimmertür, ein großes Netz von Wand zu Wand.

Denn oft schon hat sie dort ein Schwingen vernommen. Das aber heißt: Dort kommen bisweilen noch mehr von diesen niedlichen, quietschenden Wesen vorbei, die so gut schmecken.

Keine Vogelscheuche

Dort mitten im Feld steht ein Kreuz.

Oder ist es eine Vogelscheuche mit ausgebreiteten Armen, die heute und hier in dieser Nacht am Freitag den 13. unter dem Licht der Vollen Mondin - vielleicht doch nicht lebendig wird, kein Dämon ist und niemanden meuchelt, sondern einfach nur, natürlich nicht jetzt, sondern am Tag die Saat beschützen, also die Vögel vertreiben soll?

Ist es gar ein Mensch, der da bewegungslos mit horizontal ausgebreiteten Armen verharrt?

Wenn es denn so wäre, wie lange hält er das wohl aus? Kann das real sein?

Das zieht dich magisch an. Alles willst du nun wissen.

Du biegst vom Weg ab – völlig aus der Bahn geworfen, wieder einmal, wie so oft, denkst du noch -, gehst näher ran, näher und näher, und ...

Jetzt bist du am Kreuz angelangt. Du schaust es dir an.

Dieses Kreuz lebt nicht mehr. Es scheint aus Holz zu sein und hat doch den Körper eines Menschen. Im Licht deiner Taschenlampe siehst du überall Netze leuchten – Trichternetze, Baldachine und Fadenteppiche. Zwischen Kopf und Armen, zwischen Oberarmen und Unterleib sind Radnetze gespannt. Auf seiner Brust, seinen Armen, seinen Beinen lauern Krabbenspinnen auf sprießenden Blüten, laufen ruckartig Springspinnen hin und her – und das bei Nacht!

Diese Vielfalt an diesem einen Kreuz wundert dich doch sehr. Denn ein wenig kennst du dich mit Spinnen aus und weißt, dass zwar die meisten Arten nachtaktiv sind, doch sonst nirgendwo so viele Vertreter gänzlich verschiedener Familien so dicht gedrängt zusammenleben. Und dann sind auch noch alle, auch die eigentlich Tagaktiven, zu denen Springspinnen gehören, zu einer Zeit unterwegs, nämlich heute und hier in dieser Nacht der Nächte.

Wie kann das alles sein?, stottert dein Verstand noch immer. Das ist ja das reinste Spinnenparadies: Alle sind hier vereint. Und niemand ist dem anderen spinnefeind. Keine isst die andere auf.

Und während du all dies still betrachtest, merkst du nicht, dass da schon lange kein Rauschen mehr ist, kein Rauschen vom Laub in den Bäumen am Wegesrand, dass da schon lange kein Wind in den Gräsern mehr weht und es nirgendwo mehr zirpt. Nichts bewegt sich rings um dich. Nirgendwo ist da mehr ein Laut.

Und auch du schaust längst erstarrt - hat es mich hypnotisiert? - auf dieses spinnenbesetzte Kreuz dicht vor dir, das jetzt seine Gestalt ändert. Flimmernd geht jede Schärfe verloren.

Du erwachst und springst zurück und staunst.

Denn das Kreuz dreht sich langsam im Kreis um sich selbst, als wollte es sich aus der Erde befreien, streift mit verschwommenen Gliedern all die Spinnen ab, die es bewohnten, setzt sie sanft ringsum auf die Gräser der Wiese, denn nirgendwo ist da ein Feld – schon lange nicht mehr / noch lange nicht.

Es ist kein Mensch, dieses Wesen, das da zuvor in Form eines aufrecht stehenden Kreuzes, wie wir es alle aus der Römerzeit - nicht nur Jesus, sondern viele vor und nach ihm starben qualvoll daran - und daher auch als Symbol der Christen kennen, über einem frisch besätem Feld stand. Es ist keine Spinne, sondern eine Spinnengöttin. Acht Beine, zwei Taster, zwei Chelizeren, acht Augen zeigt sie dir nun, der du noch immer starr, doch sehend, verharrst.

Sie aber läuft nicht auf allen Achten dahin, wie es alle Spinnen tun, ihr Körper schwebt und erstrahlt in blauem Licht.

Dann kommt sie auf dich ...

Nein, dann verschwindet sie einfach so vor deinen Augen. Es ist, als habe sie sich mir nichts dir nichts einfach so aufgelöst.

Und die Welt dreht sich weiter, als wäre nichts geschehen. Was sollte sie auch anderes tun!

Und erwacht aus deinem Traum reibst du dir verwundert die Augen.

Manfreds Spinnenabenteuer

Jetzt und hier - das ist es, was zählt, denke ich noch, da packt mich etwas, das ist ... das kommt von anderswoher, aus einer anderen Zeit, das ...

ANGST.

Ist es die Angst des Mannes vor der männermordenden Frau?

Ich habe doch keine Angst vor *dir*!?

Andernorts zu anderer Zeit leben andere Wesen. Andere Länder, andere Sitten ...

Eine wirklich große Spinne mit einem Kreuz auf dem Rücken sitzt da in ihrem Netz.

In Menschenaugen ist sie klein. Und auch ihre acht Augen sind winzig und für die Ernährung ohne Belang.

Und doch ... da zappelt ja ein kleiner Mann - nein, kein Spinnenmann ihrer Art und auch kein Fliegenkörper mit Menschenkopf, es ist ein ganzer Mensch, ein Menschenmann, der hat sich da in ihrem Radnetz verfangen. Und niemand weiß, wie er da hineinkam?

»Bleib ruhig, Mann!«, lautet der Tipp unter Männern, speziell in dieser Lage und überhaupt, auf den der Typ da einfach nicht hören will.

Nichts zu machen, der zappelt einfach weiter.

Wer der Irre ist, willst du wissen?

Wer sollte es anderes sein als unser aller Held, Manfred der Magier. Wer sonst, wenn nicht er!

Aber sehr seltsam ist es doch, dass gerade hier seine Magie versagen soll.

Ist er gar alt und schwach geworden? Oder will er etwa gar nicht raus, nicht wieder von ihr fort?

Gleich ist es mit ihm aus.

Oder aber, schau hin! - das ist es! - er träumt ja nur magische Träume.

Ja, jetzt öffnet er die Augen - und da ist kein Netz und keine Spinne und kein zappelndes Opfer mehr.

Er lacht und spricht zu sich selbst: »Was für ein Traum!«

Und noch immer lächelnd packt ihn auch schon ein Sog.

Da staunt der Mensch und auch der Magier!

Und hui, schon geht's empor.

Fort sind meine magischen Kräfte. Da bleibt mir also nur noch eins: Mich treiben, nun ja, ziehen zu lassen.

Lang dauert die Reise. Müde schließe ich irgendwann meine Augen.

Gleißendes Licht weckt mich – da bin ich wohl eingedöst - aus dem Dunkel meines Schlafes.

Schaue nach unten und - erkenne niemanden und nichts.

Schaue empor und …

Dort sind *ihre* Augen und ihr lächelndes Gesicht, so dicht vor mir, so ungeheuer groß.

Und dann sehe ich auch ihre Arme und erkenne die rechte Hand, in der sie mich hält - so dicht vor ihrem Mau..., sorry, meine Liebe, ich meine natürlich Ihren Mund, doch Halt, der ist ja nur eine winzige Öffnung weiter unten!

Darüber aber liegen, nein, jetzt öffnen sie sich, ihre Chelizeren, fahren zur Seite, schwarze, gigantische Dolche klappen heraus.

Aha, um blitzschnell nach innen zuzuschnappen und ihre Beute - oh je, das bin ja ich – durch diesen Biss und mit ihrem Gift, zu töten.

Und dann …

»Das reicht!«, denke ich, »Ende der Szene!«

Ich wache auf.

Finde mich wieder im Wald - allein.

Schaue mich sicherheitshalber doch noch einmal um.

Noch immer allein, Gott sei Dank!

So gehe ich weiter und träume im Gehen unter den Bäumen nun wieder magisch süße Träume von dir, meiner großen Liebe.

In *einem* der Träume erwache ich nicht in der Nacht, auch nicht am Morgen, sondern am Mittag.

Du bist mir so nah wie nie zuvor hier auf der Lichtung.

Nein, du trägst keinen Springspinnenkörper. Bei dieser Atmosphäre könntest du mit deinem Blutkreislauf und deinen Atemorganen meine Größe nicht erreichen.

Du bist hier bei mir in Gestalt einer Menschenfrau.

Doch in deinem sonndurchfluteten Haar tummeln sich Spinnen aller Art.

Ich streiche mit meiner rechten Hand hindurch.

Sie klettern meine Hand, meinen Arm empor, dann über Schulter und Hals den Kopf empor bis zum Scheitelpunkt, von wo sie sich über mein Haar verteilen.

Dann schauen wir beide uns tief in die Augen und reiben unsere Nasen aneinander, wie es anderen Orts die Inuits, besser als Eskimos bekannt, tun. Unsere Lippen finden sich. Zungen züngeln, als wären es Schlangen und dringen in unsere Münder ein. Wir umarmen uns und verschmelzen. Liebe und Sex, Sex und Liebe. Wir hier, kleine Göttin und kleiner Gott, die wir in unseren Welten sind, und auch die Spinnen dort oben in unserem Haar, wir alle vereinigen uns, verschmelzen. Jetzt in diesem einen Augenblick sind wir alle eins mit GOTT.

Paarung

Ich öffne meine Augen und schaue mich um.

Bin ich in einem Krankenhaus?

Nein, ich sitze in der Kantine in der Rehaklinik für Herz-kranke in Bernkastel-Kues, ja, hier bin ich, wo sonst.

Eine Patientin namens Andrea, die mir gegenüber am Esstisch sitzt, erzählt beim Erwähnen von Spinnen: »Ach, eine habe ich heute hier im Haus zerquetscht!«

Und ich als Exspinnenforscher und Spinnenfreund ant-worte: »Wenn du wüsstest, welch hoch entwickelte Le-bewesen sie sind, wenn du keine Angst mehr vor ihnen hättest, wenn ..., hättest du es dann auch getan?«

»Ist ja *nur* 'ne Spinne«, antwortest du.

Was aber sind Affen, ob nun Japanmakaken, Schimpan-sen oder Menschen, in den Augen der Kleinen Götter dort oben? Und was tun sie mit ihnen, also mit uns, zu ihrem Vergnügen?, frage ich mich still und murmele zugleich in meinen Bart: »Deine verengte Herzklappe, wer weiß! Mei-ne undichte Klappe, all die Herzinfarkte der anderen Pati-enten hier im Kurhaus ... Andere Wesen, Götter, Dämonen, Wesen in anderen Dimensionen, könnten die Ursache all dieser Krankheiten und Leiden sein, was für rationale Er-klärungen wir hier auch immer dafür haben mögen.« Viel-leicht ernähren sie sich von unseren Qualen. Mag ja sein, wir kennen die Idee aus Science Fiction-Romanen. Viel-leicht aber machen sich einige von ihnen da einfach nur so einen Spaß mit uns oder lassen ihre Kinder, wenn sie denn welche haben, mit uns spielen: »Sind ja nur Menschen. Von denen gibt es viele. Da ist es nicht weiter schlimm, wenn ein paar davon nicht mehr so richtig funktionieren und vorzeitig kaputt gehen.«

Ja, das wäre ein wenig subtiler, denke ich, nicht so ein einfaches Zerquetschen auf die Schnelle, sondern langsa-mer und brutaler, mehr Folter, wie es sich für Höllenwelten gehört. Denn in einer von diesen leben wir ja. Denn unser ganzes Universum ist eine von vielen Höllen. All die Krankheiten, die Lebewesen befallen, Lügen, Betrügen, Folter und Töten in Friedenszeiten und Kriegen, das Altern ohnehin, all das ist der plötzliche, schnellere oder langsamere Tod auf Raten, den wir alle leben, wir alle!

Du deckst dich zu, legst dich zur Ruh. Nein, nein, nicht für alle Ewigkeit, sondern nur für diesen Tag. Bald schläfst du ein und denkst nicht mehr an diese Worte von dem Typen in der Kantine.

Ich wache auf. Weckte mich was?

Alles ist wie immer. Vorhanden sind Zimmer, Küche, das Klo ein paar Meter tiefer im Treppenhaus meiner Altbauwohnung. Auch Strom und Wasser sind da. Dann ziehe ich die Vorhänge zur Seite, die Rollläden hoch und schaue aus dem Fenster.

Da ist keine Schwärze in früher Winternacht.

Da leuchten weder Mondin noch Sterne.

Dort ist es nicht hell und Tag, scheint weder der Sonn noch ziehen da Wolken dahin.

Jetzt schaue ich noch nicht nach meinen Spinnen.

Nein, es sind keine Schwarze Witwen. Letztere sind als Haustiere auch »in«, aber Achtung, die sind ganz schön giftig.

Tja, ich bin einer von diesen Spinnenhaltern, habe einige Vogelspinnen verschiedener Arten und Größen, auch Nachwuchs gab es schon. Denn zwecks Paarung setze ich gelegentlich einen Spinnenmann zur Spinnenfrau.

Bei manchen Arten verhalten sich beide Geschlechter untereinander sehr friedlich, da kann ich sogar wochen-, monatelang beide in einem Behälter beieinander lassen, ohne dass es Probleme gibt. Doch plötzlich von einer Nacht auf den nächsten Tag liegen da nur noch Reste von *ihm*: alle Beine. Doch vom Körperzentrum, wohl dem Nahrhaftesten, lassen die Feinschmeckerfrauen nicht viel übrig.

Bei anderen Arten sollte er sich besser verziehen, falls

oder wenn sie nicht mehr will. Und er tut es ja auch, wenn er kann. Dumm nur, wenn der Mensch, der ihn zu ihr setzte, in dem kleinen abgeschlossenen Terrarium keinen Fluchtweg gelassen hat.

Weiß leuchtet die Welt, die mein Heim umgibt.

Weiß, das sich nun wandelt in Blau und Rot und Gelb und Grün.

Musik erklingt.

Die Erde bebt unter meinen Füßen.

Ich schaue hinab.

Dort ist schon lange kein Fußboden mehr, und doch stehe ich auf irgendetwas.

Ich falle auf die Knie, während in mir etwas mit seltsam vertrauter Stimme flüstert: »Da haben wir ja einen neuen Menschen, ist ein Mann, das passt ja wunderbar. Den setzen wir gleich mal zur Frau. Mal schauen, was sich dann so tut. Glaubst du, dass die sich paaren? Und wie viele Junge bekommen die dann? Wie lange wird es wohl dauern? Aber probieren geht über studieren. Wir werden's ja sehn.«

Und jetzt wird mir alles klar, wo ich bin und was hier geschieht: Ich bin in einem *Zoo*, und nicht als Besucher, das steht fest!

Wie ihre Vorfahren laufen sie auf allen Achten. Doch ihre Tasterenden tragen befingerte Hände, die bei den Männern auch noch der Begattung dienen.

Spinnenfrauenhände packen mich und haben mich, ehe ich mich versehe, auch schon behutsam in ein neues Heim gesetzt.

Ich schau mich um. Schön hell hier, menschengerecht ist alles eingerichtet, stand wohl in der Pflegeanleitung, dem Buch, der Datei mit dem Titel *Wie halte ich einen Menschen*, denke ich kichernd. Bin ich jetzt gänzlich durchgeknallt oder hat mir da einer so was wie *Ecstasy* verpasst?

Dann erst sehe ich dort im Bett einen Menschen liegen. Sieht aus wie eine Frau.

Ich gehe auf sie zu, die da mit dem Rücken zu mir auf

ihrer rechten Seite liegt. Warm ist es hier. Kaum bei ihr angelangt, rutscht die Decke runter. Welch ein Zufall! Haha, wer daran glaubt!

Aha, du bist ja nackt.

Das macht mich an.

Jetzt drehst du dich, wohl noch im Schlaf, auf den Rücken.

Ich bin dir nah, so nah! Denn längst habe ich mich zu dir hinabgebückt und vergessen, dass dich und mich andere mit anderen Sinnen beobachten. Ich erkenne dich wieder. Du bist ja Andrea, die Frau aus dem Kurhaus, die eine Spinne zertrat. Da haben sie also nicht nur mich, sondern auch dich erwischt. Nun ja, gefoltert haben sie dich deswegen wohl nicht. Ganz im Gegenteil: Deine Operationsnarben von der Herz-OP, das aufgesägte Brustbein und die vernähte senkrechte Naht in der Haut, sind gänzlich verschwunden.

Ich schaue an mir hinab. Tatsächlich, auch bei mir sind weder Narben noch sonstige Gebrechen aus der Vergangenheit geblieben. Ich bin gesund und jung, ein Menschenmann in voller Blüte. *Das* nennt sich Medizin.

Du öffnest deine Augen. »Hallo, Olaf«, flüsterst du und winkst mich zu dir runter: »Komm!« Dann richtest du deinen Oberkörper auf und küsst meine Lippen.

Zungen finden sich.

Kommt das alles aus uns oder ...?, frage ich mich noch einen winzigen Augenblick lang und spüre auch schon deine Brüste an meiner Brust, ziehe dich an mich, lege mich auf dich und zwischen deine weit geöffneten Schenkel.

Ich dringe in dich ein, stoße zu, ziehe mich zurück, stoße zu und ...

Du bewegst dich mit, umklammerst mich mit deinen Unterschenkeln und erhöhst so den Druck meines Körpers auf deine Klitoris.

Bald schon beginnst du vor Lust zu stöhnen.

Auch ich keuche ...

Die Arachnoiden jedoch fühlen-tasten-hören, zeichnen alles auf und speichern es für die, die nach ihnen kommen.

Währenddessen bewegen wir uns alle in ihrem Raumschiff, das selbst ein Lebewesen ist, für den Weltraum geschaffen und eine Welt für sich, durch die Weiten des Alls.

Schöne Scheiße

Habe die Vogelspinne aus ihrem Behälter genommen.

Jetzt gerade sitzt sie still auf meiner Schulter, wo es so schön warm ist.

Dann läuft sie doch ein wenig herum.

Ich schaue hinunter und sehe braune Flecken auf meinem weißen Hemd.

Hat die da etwa hingeschissen?, frage ich mich und nehme sie in die Hand.

Jetzt scheißt sie erst richtig los. Und das fällt alles hinunter auf den Boden des Fahrstuhls, mit dem ich mit ihr nach unten fahre, irgendwohin, vielleicht in den Keller zum Bücherbasar der Stadtbibliothek.

Und da ist auch eine *weiße* Masse.

Ob das Eier sind, frage ich mich noch und wache auch schon auf.

Und hätte mich nicht das Radio geweckt, so wäre ich weiter und immer weiter hinabgefahren in schwärzeste Erdentiefen.

Niemals hätte der Aufzug, haha, wieso *Aufzug*? - niemals hätte dieser *Abzug* angehalten, es sei denn an dem Ort, an dem es mir bestimmt war auszusteigen.

Und dort hätte die Vogelspinne auf meiner Schulter ihre wahre Gestalt angenommen, hätte sich mir als *die* offenbart, die sie schon immer war, die sie immer sein wird, die sie ist, als die große Spinnengöttin aller grabenden Spinnen, der Menschenalltagsdinge einfach scheißegal sind.

Aha, daher also diese Darmentleerung. Jetzt wird mir alles klar.

Dann hätte sie mich blinden Winzling dort unten in den Tiefen gepackt und genüsslich verzehrt.

Denn wozu sonst sind Menschen in einer Welt von Riesenspinnen gut.

Die Springspinne im Labor

Ich öffne meine Augen.

Eins weiß ich sicher: Ich war ein Mensch, ich bin ein Mensch, ich werde immer ein Mensch sein.

Wer bin ich?

Da ist nichts mehr. Alles vergessen, wenn da was war. Kindheit und Jugend hatte ich nie.

Ach ja, das ist klar, nur die Gegenwart ist real.

Dann fällt mir plötzlich doch noch etwas ein: Ich bin Biologe und arbeite mit Spinnen. Irgendwann werde ich meine Doktorarbeit beendet haben. Doch die Jahre vergehen wie im Flug, und noch immer ist kein Ende abzusehen. Mein Wille aber ist eisern. Ich werde es schaffen. Ich halte durch, auch wenn mir niemand auch nur einen einzigen müden Pfennig* dafür zahlt. Ich halte durch, verkaufe, was ich nicht haben muss, verdiene etwas dazu, »arbeite« für 1 DM* die Stunde in einem Museum in der Stadt, vier Stunden am Tag, Toplohn, Hinzuverdienst zur Sozialhilfe, ansonsten in der »Freizeit« nur auf ein einziges Ziel hin - Tag und Nacht, Endspurt ist seit Monaten angesagt, sieben Tage in der Woche.

Und dann eines Tages geschieht es, was gar nicht geschehen kann, was einfach nicht sein darf.

Oder bildete ich mir alles nur ein und nichts von alldem ist wahr, was ich hier nun niederschreibe?

Und wenn ich es nicht träumte und es dennoch anderen erzählte, wohin brachten sie mich dann wohl?

In die Klapse, wie man volkstümlich so schön sagt. Wohin sonst!

---

*: DM = Deutsche Mark, das war einst einmal nach dem Zweiten Weltkrieg die Währung in der Bundesrepublik Deutschland, dem westlichen Teil Deutschlands, eines Staates in Europa im Westen des großen Kontinents Eurasien. 1 DM waren 100 Pfennige. Der DM folgte der EURO.

Denn andererseits, wäre alles wahr, wie sollte ich es dann noch aufgeschrieben haben? So ganz ohne Computer, ja, ohne Kugelschreiber oder zumindest einen Bleistift und Papier.

Doch wie auch immer es war und geschah, das ist es, woran ich mich erinnere:

Eines Morgens, es ist Sonntag, gehe ich noch müde, träumend den Weg aller Tage, zur Uni, zur Arbeit. Kaum aber habe ich den Schlüssel im Schloss gedreht, die Tür zum Labor geöffnet, da ... potz Blitz, da sitzt doch - nein, keine Vogelspinne, keins von diesen großen, schwarzen, behaarten Monstern, wohlbekannt aus Science Fiction-Film und Krimi, sondern eine Springspinne, hübsch bunt gefärbt ganz zufrieden und friedlich an meinem Schreibtisch, dreht ihren Vorderkörper kurz zur Seite, schaut mit ihren großen Mittelaugen zur Tür, in der ich noch immer vor Staunen erstarrt stehe, murmelt ein »Guten Morgen« - rein geistig, versteht sich, denn Spinnen stridulieren höchstens und sprechen bekanntlich nicht mit ihrem Mund -, sagt's und schreibt weiter, synchron, je einen Kugelschreiber in drei, nein vier Hände geklemmt.

Liebe Leserin, lieber Leser, halte ein!
Schau noch einmal genau hin!
Dieses Bild!
Da verschlägt's dir Atem und Sprache.
Das kann doch nicht sein! So was gibt's doch nicht! Wer denkt sich das denn aus? Welch krankes Hirn! ...

Doch seltsam sind die Wege, die das Leben schreibt, gewunden wie die Adern in dir und voller Wunder, wie ein unbekannter Dichter einst einmal so schön sagte.

»Oh je«, rufe ich noch gänzlich umnebelt und schwankend, ziemlich schwach auf den Beinen. Sekunden später, aus der Schockstarre erwacht, renne ich auch schon wie ein geölter Blitz instinktiv hinein in den Spinnenkäfig, schlage die Glastür hinter mir zu, setze mich in eine Ecke. Fürs erste gerettet! Tief durchatmen! Nur die Ruhe bewahren! Die Zeit heilt nicht nur alle Wundern, auch die Dinge klären sich.

Träume ich noch immer?

Hinter dem spiegelnden Glas sehe ich, sich hier und da ein Wort notierend, weise lächeln die bunte Spinne.

Jetzt dreht sie mir ihren wunderschön behaarten Körper zu und schaut mich mit ihren großen schwarzen Mittelaugen an.

So etwas tun Springspinnen doch immer, bevor sie zum Beutesprung ansetzen. Mein Gott, sie wird doch nicht ...

Und bleibt sie dort sitzen, was wird dann hier im Käfig aus mir werden?

Muss und will ich bis zum Ende meiner Tage in meinem selbstgewählten Gefängnis leben?

Wird sie von Zeit zu Zeit kommen, mich herausnehmen und was wohl an mir untersuchen?

Sollte nicht alles ganz anders sein, nämlich ich dort sitzen, sie hingegen hier in diesem Käfig sein?

Wird sie an mir herumexperimentieren oder bin ich nur ein Haustier für sie, welches sie sich zu ihrem eigenen Ergötzen hält und hoffentlich auch regelmäßig mit Speise und Trank versorgt?

Tod eines kleinen Spinnengottes

Jetzt hatten sie freie Bahn. Niemand würde sie verjagen, niemand würde sie fangen, denn ihre Todfeinde saßen eingesperrt in Kunststoffkästen und mussten hungern.

Denn deren Herr, er war der Tod für Fliegen, da er sie fing und seinen Kindern, den Spinnen, gab, denn dieser Spinnengott war tot. Irgendwie hatte es ihn erwischt. Dort lag er in der Küche bei offenem Fenster, und es war Ende August. Vielleicht war's ja ein Herzinfarkt gewesen, Herzstillstand, ein Thrombus im Hirn - Schlaganfall, wer weiß. Kein Mensch hatte es gemerkt. So war er - wohin auch immer - hinübergegangen - auf Erden nur noch ein toter Körper.

Es war warm, erstaunlich für dieses verregnetet nasskalte Jahr.

»Er ist tot!«, brüllten die kleinen »Teufel« und kicherten - lautlos, versteht sich. Dann kamen sie in Scharen, all die großen und kleinen Schmeißfliegen, Verwandte all derer, die der kleine Spinnen»gott« einst aufgezogen, schlüpfen gelassen, seinen Kindern zu essen gegeben hatte: die großen dicken schwarzen Brummer und auch die grün schillernden Fliegen, Goldfliegen genannt. Sie alle kamen nun geflogen und legten Massen von Eiern auf ihm ab.

Nach kurzer Zeit schlüpften winzige Larven aus den Eiern aus, aßen sich satt, häuteten sich, ernährten sich weiter, häuteten sich wiederum und wuchsen so Schritt für Schritt heran, wie es alle Außengepanzerten tun.

Nun ist »Gott« bedeckt von wimmelnden Maden, die sein Fleisch durchpflügen, die ihn aufessen, die sich dann unter ihm und neben ihm in Puppenhüllen zurückziehen, um sich dort in fliegende Wesen zu wandeln.

Irgendwann fanden Menschen, vom Aasgeruch alarmiert, doch noch den, der da gestorben war.

Und du, liebe Leserin, lieber Leser, weißt es ja längst: Er war weder ein kleiner Gott noch GOTT, sondern nur ein Mensch.

Seine Leiche fanden sie bedeckt von weißen Maden, vom Weißen Wurm. Ach, wie tief er doch im Tode gesunken war. Die »Würmer« hatten ihn gegessen, den zu Lebzeiten als das große Wissenschaftlergenie geltenden Biologen.

Und so blieb er dem Kreislauf der Erde erhalten, blieb Erde, aus Erde geboren. Wiedergeboren teilte und teilte er sich, wie es Bakterien und Pilze tun. Wiedergeboren stieg er fliegend auf in tausendfacher Gestalt, brummend erhob er sich von den Puppenhüllen in den Morgen eines neuen und warmen Sommertages.

Und all diese Fliegen aus seinem Fleisch wussten nichts von ihren zahlreichen Feinden, die da draußen auf sie lauerten. Jetzt in diesem Augenblick lebten sie. Viele starben früh, manche fanden sich, paarten sich. Und wieder suchten die weiblichen Fliegen einen geeigneten Ort für die Ablage ihrer Eier, suchten Leichen größerer Tiere oder Menschen, denn ihre Madenkinder mussten nach dem Schlüpfen essen.

So lebte sein Fleisch fort, auch in Spinnen, die einige dieser Fliegen fingen und verspeisten.

So lebte er fort, wie er es schon immer tat seit Anbeginn der irdischen Evolution des Lebens.

Du aber weißt es nun: Endlos scheint dir jetzt der Kreis deines Fleisches auf dieser Erde.

Und doch wird es ein Ende geben.

Denn das Leben auf Erden hatte einen Anfang, also wird es auch ein Ende haben.

Denn die Erde hatte einen Anfang, also ...

Denn das Universum begann mit einem Großen Knall.

Denn ...

Vater sein ist schwer

Wer bin *ich* in diesem Traum?

Ich bin doch kein *Mensch*.

War ich es jemals?

Was ist das, »Mensch«?

Also bin ich ein kleiner Spinnengott?

Ja, so mag es sein. Doch spielt das denn eine Rolle?

Spielte es eine, so spielt es jetzt keine mehr. Denn das, was geschah, hat mich zerbrochen.

Jetzt läuft alles noch einmal in mir ab.

Einmal?

Zweimal, dreimal, immer und immer wieder.

Dich führe ich zum ersten Mal aus, mein Kind.

Ich war ein Junge und bin ein Mann. Weil *du* da bist, bin ich nun auch seit kurzem Vater. Heute zeige ich dir die große weite Welt hier draußen, kleine Spinne, die du von weitem einem Fadenknäuel gleichst, jedoch wenn man näher hinschaut, acht Beine hast, auf denen du flink wie der Wind über die Erde huschst, dort unten am Hang entlang. Und schon bist du mir ein paar Beinlängen voraus. Werde ich etwa alt?

Ich rufe dich zurück und spreche mit dir ein ernstes Wort über die Gefahren, die ringsum überall auf dich lauern. Ich tue es, damit du überleben kannst, meine Tochter Arachne.

Du aber in deinem kindlichen Übermut hörst nicht hin, wie auch ich es einst nicht tat, wie es immer wieder in jeder Generation geschieht: Die Alten meinen es nur gut mit ihren Kindern. Sie kennen die Gefahren und wissen um vielerlei Leid. Sie nehmen das Leben ernst, denn sie hatten viele Jahre Zeit zu lernen. Sie wissen, dass sie nicht unsterblich sind und der Tod überall lauert. Die Jugend lacht, will sich vergnügen, denkt nicht ans Morgen, lebt nur für den Augenblick. So ist es. So soll es sein. So ist es richtig.

Dann irgendwann tue ich es.

Mein Gott, warum nur, warum war ich so unachtsam, so dumm?

Ich bin jetzt bei dir, nehme dich hoch und werfe dich, um zu sehen, ob du schwimmen kannst, oder einfach nur so aus Übermut in den Teich, das Wasserreich, welches nicht deine, nicht meine, nicht unsere Welt ist.

Hast du gelacht oder geschrien?

Ich weiß es nicht mehr.

Konntest du schwimmen?

Sicherlich, wir können es doch alle.

Was mir für immer im Gedächtnis bleiben wird, ist etwas ganz Anderes: Etwas Großes schießt von unten empor, packt dich und zieht dich hinab. Ein Fisch hält dich dort unten noch immer in seinem Mund, schluckt dich schließlich in einem Stück runter.

Ich sehe es, renne ans Ufer - zu spät.

Jetzt bist du tot und aufgegessen.

Was habe ich nur getan?

Durch *meinen* Leichtsinn, *meine* Dummheit habe ich dich getötet. Wie soll ich *ihr* das nur erklären, deiner Mutter, meiner Frau - der Spinnengöttin?

Kaum habe ich an sie gedacht, da taucht sie auch schon auf. Jung und stolz und lächelnd sieht sie mich an und fragt: »Wie geht es unserer Kleinen an ihrem ersten Tag hier draußen in der Wildnis? Was macht sie gerade? Wo ist sie überhaupt?«

Sie spricht nicht mit einem Mund, wie es andere Wesen tun sollen. Auch zupft sie jetzt an keinem Faden. Ihre geliebte Stimme flüstert kräftig und dunkel in mir, gewaltig und wunderbar, wie es niemals ein Mann, sondern nur eine Frau tun kann. Denn wir Spinnenmänner sind schwach. Und dennoch vertraute sie mir und gab mir unser Kind zum ersten Spaziergang vor dem Heim. Ich aber habe versagt.

Da helfen kein Stammeln und kein Leugnen. Alles gestehe ich. Ich bereue und kann es doch nicht ungeschehen machen.

Zornentbrannt rast sie auf mich zu. Schon ist sie bei mir, packt mich mit ihren giftigen Klau...

(Schwärze)

Allein blieb nun zurück die Spinnenfrau, die nur eine von vielen Spinnengöttinnen in einer Gemeinschaft ist. Ihr Kind aß ein Fisch. Ihren Mann biss sie tot, grub dann ein Grab vor ihrem Haus und legte ihn sanft hinein. Denn schließlich ist sie ja zivilisiert, keine von den Wilden und Barbaren, die Kannibalen sind und ihre Männer essen.

Warum nur hatte er ihr das angetan, warum nicht besser aufgepasst? War es seine Schuld, Schicksal, der GÖTTIN Wille oder einfach nur Pech?

Und auch *sie* hätte sich besser unter Kontrolle haben müssen oder ihn längst zuvor auf die alte barbarische Art behandeln, nämlich verspeisen sollen.

Doch wo die Liebe hinfällt ...

Und wahre Liebe kennen nur Spinnengöttinnen.

Doch es ist nun einmal so, wie es ist. Nichts lässt sich jetzt mehr ändern.

Still ist die Welt geworden - kein Kind, kein Mann -, wären da nicht all die Nachrichten im Spinnennetz, von Nachbarin zu Nachbarin, all der Tratsch und dann und wann ein zaghaftes Zupfen von Freiersfüßen ...

In einer Zwischenwelt im Jenseits lebe ich. Bardo ist ihr Name.

Bin ich?

Ich bin.

Werde ich? Und wenn ja, was?

War ich schon einmal und treibe nun hier körperlos dahin und warte worauf?

Träume ich oder werde ich geträumt?

Wer bin *ich* in diesem Traum?

Ich bin doch kein *Mensch*.

War ich es jemals?

Was ist das, »Mensch«?

Also bin ich ein kleiner Spinnengott?

Ja, so mag es sein. Doch spielt das denn eine Rolle?

Spielte es eine, so spielt es jetzt keine mehr. Denn das, was geschah, hat mich zerbrochen.

Jetzt läuft alles noch einmal in mir ab.

Einmal?

Zweimal, dreimal, immer und immer wieder.

Dich führe ich zum ersten Mal aus, mein Kind.

Ich war ein Junge und bin ein Mann. Weil *du* da bist, bin ich nun auch seit kurzem Vater. Heute zeige ich dir die große weite Welt hier draußen, kleine Spinne, die du von weitem einem Fadenknäuel gleichst, jedoch wenn man näher hinschaut, acht Beine hast, auf denen du flink wie der Wind über die Erde huschst, dort unten am Hang entlang. Und schon bist du mir ein paar Beinlängen voraus. Werde ich etwa alt?

Ich rufe dich zurück und spreche mit dir ein ernstes Wort über die Gefahren, die ringsum überall auf dich lauern. Ich tue es, damit du überleben kannst, meine Tochter Arachne.

Du aber in deinem kindlichen Übermut hörst nicht hin …

Ich öffne meine Augen.

Wie ist das möglich? Wie kann das sein?

Augen sind doch immer offen.

Ich schließe meine Augen wieder.

Ich öffne sie erneut.

Ich taste mit meinen Fingern über mein Gesicht, öffne und schließe die Augen, spüre es und verstehe: Da legt sich etwas darüber, dann wird es dunkel. Augenlider, fällt mir ein, ja, *Augenlider* müssen das sein. Und schon wundere ich mich darüber, dass ich mich wunderte. Denn Augen haben doch immer Augenlider, was sollte es auch anderes sein!

Und noch etwas: Immer sind da zwei Augen, niemals drei oder gar vier, sechs oder etwa acht - wie komme ich denn nur auf all diese Zahlen?

Augen sehen geradeaus nach vorne, wo sich ihre Sehfelder überschneiden. Nur so entsteht ein räumliches Bild von der Welt. Man kann seinen Kopf drehen und damit seinen Blick im Kreis schweifen lassen, doch niemals vollständig nach hinten schauen, da müsste man schon eine Eule sein. Und ist man gerade keine, so ginge es auch mit Gewalt, mit einem Ruck, dem folgte ein Knacks beim Wirbelbrechen und der Abgang - Exitus. Niemals kann man nach allen Seiten schauen. Das Blickfeld ist und bleibt begrenzt.

War es denn jemals anders?

Und doch träumte mir, als hätte ich eben noch acht Augen besessen. Und wenn es denn so war, dann kann ich in meinem Traum kein Mensch gewesen sein. Wer aber war ich dann?

Oh, jetzt fällt es mir wieder ein: Ich starb.

Sie tötete mich, und niemand verfolgte dort die Tat, in dieser Gesellschaft bei dieser Art, denn ich war ja nur ein schwacher Mann, bedeutungslos. Wir hatten nur ein einziges Kind. Das mussten wir natürlich sorgfältig beschützen.

Und was tat ich?

Schande, Schande über mich. So bin ich nun in der Hölle gelandet oder aber im Fegefeuer.

»Mensch«, fällt mir ein, das ist das Wort, so einer muss ich schon einmal gewesen sein. Ja, auch jetzt und hier bin ich ein Mensch.

Also wurde ich wiedergeboren.

Doch wo ist dann meine Kindheit geblieben?

Kann mich an nichts erinnern. Das aber bedeutet, wenn denn alles so ist, wie es scheint: Erwachsen geboren existiere ich nun hier.

Für alle Zeit in diesem weichen, gebrechlichen Körper, auf mickrigen zwei Beinen herumschwankenden Körper gefangen?

Was für eine Strafe!

Traumerwachen

Nun bin ich also wach.

Hätte ich Lider, so gäben sie jetzt meine Augen frei. Doch wie komme ich nur auf »Augenlider?«, was immer das sein mag, so etwas besitze ich nicht.

Ich sehe die Dunkelheit – und auch das Licht in der Finsternis.

»Ja«, flüstert eine Stimme in mir, »dort oben strahlt die Volle Mondin.«

Ich ruhe irgendwo in irgendwas.

Wo bin ich? Wie bin ich hineingeraten? Und überhaupt, wie kam ich hierher?

Kann mich nicht bewegen.

Flog ich nicht eben noch unter klarem Sternenhimmel dahin, vorbei an den Lampen und Lichtern der Menschenstadt?

Oder schlief ich und träumte nur, dass mich zwei Flügel durch die Weite trügen, hin zum Wasser, meinem Ziel und Lebenssinn?

Wie aber sollte das möglich gewesen sein, wenn es denn Wirklichkeit war?

Und wenn ich flog, wann und weshalb hörte ich dann damit auf? Wurde ich einfach nur müde? Hatte ich meine Kräfte überschätzt? Landete ich also, ruhte mich irgendwo aus und schlief dabei ein?

Nein, das kann nicht sein, kann mich beim besten Willen nicht daran erinnern.

Wenn eine Landung dennoch geschah, muss sie solch ein Trauma gewesen sein, dass mein Geist mich alles vergessen ließ, was dabei und kurz zuvor geschah.

Landete ich also? Und wenn, worauf?

Oder hielt mich etwas mitten im Flug auf?

Ich denke nach.

Nichts.

Ich entspanne mich und stelle meine Gedanken ein.

Jetzt kehren Geruchseindrücke und Geschmackserinnerungen zurück.

Blut. Da war so viel Blut, das ich trank, Menschenblut.

Also bin ich ein Vampir.

Und nun bin ich trunken von Blut aus meinem Rausch erwacht, der mich bewegungslos macht?

Dieses Blut ist Energie, die mir meine Kräfte zurückbringt. Und mit ihnen kommen die Erinnerungen: Ja, ich flog durch die Nacht. Mit meinen Flügeln erhob ich mich, schwebte aus einem Menschenzimmer in die Weite hinaus. Am Anfang wuchs die Euphorie, die Lebenslust. Dann war da nicht der kleine für zwischendurch, sondern nur noch der große Hunger. Ich fand ein Opfer draußen vor der Kneipe. Es war ein Menschenmann. Da saß er so mutterseelenallein inmitten der wimmelnden Menschenmassen berauscht vom roten Wein, müde und ein wenig angetrunken. Den suchte ich mir aus, bohrte ihn mit meinen spitzen scharfen Mundwerkzeugen an und saugte sein warmes Menschenblut. Und schon gab es eine Besoffene mehr.

Schwer beladen flog ich wieder auf und prallte gegen

das Unsichtbare, das kurz nachgab und mich doch klebend hielt, bis das Monster kam, nicht es, nicht er, sondern sie, die die Fäden spann und sie schon immer gesponnen hatte.

In dieser Nacht mag sie satt gewesen sein. Denn viel zu viele meinesgleichen und andere, wie schwirrende Schwärmermänner auf Frauensuche, hatte ihr Netz für sie gefangen. So aß sie mich nicht, sondern spann mich nur ein.

Jetzt, weiß ich, *wo* ich bin.
Jetzt weiß ich, *wer* ich bin.
Jetzt weiß ich, wer ich *war*.
Einst war ich ein Mensch.
Doch was heißt schon »einst«?
Es ist noch gar nicht lange her.
Was heißt hier »war«?
Ich bin es ja noch immer.
Und doch zugleich auch wiederum nicht.
Ich liege noch immer zu Hause in meinem Bett.

Und doch ist zugleich mein Geist, meine Seele hier in diesem Mückenkörper gefangen.

Das aber war meine freie Wahl. Ich nahm mir ihren Körper, als sie mich besuchte. Ich wollte fliegen, frei sein, wie es nie zuvor ein Mensch war. Ich war der erste, ich bin der erste. Sollte jemals jemand davon erfahren, so werde ich ins Buch der Rekorde eingehen und mehr noch - ein Stern in den Annalen der Menschheit sein: Ich bin der erste von Milliarden von Menschen, die in anderen Körpern wohnen werden, für kurze, lange, alle Zeit, die ihnen zum Leben bleibt.

Wie euphorisch ich doch eben noch war!

Hat sie mich also etwa doch gebissen, mir irgendetwas injiziert? Verdanke ich nur ihrem Gift diese wunderliche Wirkung auf meinen Mückenkörper?

Müdigkeit. Ich …

Nun hänge ich hier und warte auf mein Ende. In meinen großen Menschenkörper kann ich nicht mehr zurück. Und mein kleiner Mückenkörper ist eingehüllt in einen Kokon aus Seide. Ihr Netz fing mich aus der Luft. Eingesponnen bewahrt sie mich nun auf. So bin ich also nur noch Nahrungsvorrat für sie, mehr nicht. Sie braucht meine Energie, um sich zu häuten und zu wachsen, um sich schließlich zu paaren und viele Eier zu legen, Kinder zu bekommen, die sie selbst niemals erleben wird.

Ja, zugegeben, auch meine eigenen Kinder hätte ich niemals kennengelernt, die einmal geschlüpft ihr Leben zunächst unter Wasser als Mückenlarven verbracht hätten. Doch wie liebend gerne hätte ich noch auf einer Oberfläche eines stillen Wassers meine Eier abgelegt. Luft hätten meine Kinder wie ich geatmet, doch ihre Nahrung aus dem Wasser filtriert. So wären sie von Häutung zu Häutung herangewachsen, selbst als Puppen wären sie noch unter Wasser geblieben, bis ihnen schließlich Männer mit stark gefächerten Fühlern und Frauen wie ich entstiegen wären.

So tat ich es einst.

So sollte es sein.

So wollte ich, dass es wieder geschähe.

So wäre es gewesen, hätte ich es zum nahen Gartenteich geschafft.

Doch nun ...

Irgendwann wäre ich wohl ohnehin gestorben, irgendwie, irgendwo.

Jetzt aber hänge ich hier, gefangen, und aus den Eiern in meinem Leib werden niemals Kinder werden. Wie sinnlos mein Leben doch geworden ist!

Sie wird kommen und wird mich essen.

So wird es geschehen, es sei denn, da käme ein Spinnenesser unter den Spinnen vorbei und finge sie aus ihrem eigenen Netz.

Es sei denn, da pickte ein gewaltiger Vogelschnabel eines Insektenessers nach ihr.

Oder aber eine Grabwespe lähmte sie mit ihrem Stachel, grübe ein Loch in der Erde und schleppte sie zu den anderen Opfern und legte ein Ei, aus dem ihr Kind, eine Larve schlüpfte. Haha, dann wäre auch sie nicht mehr als das, was ich nun für sie bin: Futter. Denn die Wespenlarve fräße eine Spinne nach der anderen genüsslich auf. Schadenfreude: Geschähe ihr recht. Wie du mir, so auch dir.

Doch was würde dann aus mir - hier in ihrem Gespinst?

Elendig müsste auch ich hier vergehen - verdursten, vertrocknen. Ameisen könnten mich schließlich aufsammeln, oder aber es pickte mich ein Vogelschnabel auf.

Mein Tod ist mir sicher, so oder so.

Hier hänge ich jetzt noch immer in luftiger Höh, in einem Kokon aus Seidenfäden, bewege mich im Wind und schreie - nicht. Wie sollte ich auch? Mund und Kehlkopf und Lunge habe ich nicht, die besitzt nur mein unerreichbarer Menschenkörper, in den nun weder mein Menschengeist noch meine Menschenseele zurückkehren kann, denn ich bin gelähmt, kann dieser seidenen Falle nicht entfliehen.

Hier baumele ich nun und summe nicht, denn meine Flügel sind dort oben über mir und um mich herum verschnürt. Nie mehr werden sie schlagen.

Und jetzt beginnen all diese seltsamen Vibrationen.

Ich bin verloren.

Sie ist es.

Sie kennt sich aus in ihrem Netz.

Sie weiß, *wo* ich bin.

Sie kommt. Sie kommt, um mich zu holen. Sie ...

Sehr lecker, da beißt du doch glatt rein, löst sie auf, saugst sie ein und bekommst so alles: Insekteninnereien und oh, das ist ja …

Wärst du nicht einst einmal eine Menschenfrau gewesen wäre, wüsstest du es nicht, so aber kennst du es nur allzu gut, was damals in dir floss, dich jeden Monat dort unten unter Schmerzen verließ, aber auch, wenn du dich schnittst, aus deinen Fingern quoll - Menschenblut.

Nicht viele Spinnen gelangen an diese Köstlichkeit. Irgendwo soll es ja ferne Verwandte geben, nein, die machen keine Netze, springen nur so herum, fangen mit Vorliebe Mücken mit Säugerblut. Hier jedoch ist es den meisten deiner Verwandten egal, was ihre Beute da zuletzt zu sich genommen hat. Ihnen schon, dir aber nicht.

Vielleicht bin auch ich so eine Art Vampirin oder entwickle mich gerade zu einer, wer weiß!?, fällt dir noch ein.

Wie auch immer, was bringen Gedanken wie diese?

Welch wunderbare Nacht, welch fantastischer Morgen!

Wie schön das Leben doch ist und immer wieder voller Überraschungen!

Was ist geschehen?

Sceliphron

Hier liegst du nun im Dunkeln.

Etwas bewegt sich da an dir.

Eine Stimme flüstert. Silben, gar ein Wort?: »Sce-li-phron.«

Was ist geschehen?

Du lebtest im Überfluss. Alles war gut. Viele Beutetiere fingst du, mehr Nahrung als genug für all die reifenden Eier in dir.

Und nun ist da unten ...

Da ist doch was! Was ist denn das?

»Sce-li-phron«, spricht irgendwer ein zweites Mal.

Und dieses eine Wort ist wie Magie, zerbricht das Vergessen, öffnet die Schleier. Du erinnerst dich daran, wie es geschah, wie es war.

Sie ergriff dich, als du ruhtest, kämpfte mit dir im Licht. Dann stach sie dich. Sie schleppte dich hierher.

Nun liegst du hier neben all den anderen. Und diese Laute machen dich ganz krank. Packt dich die Angst? Schreist du?

Was ist denn das? Da *kaut* doch was!

Etwas ist da, das ... mein Gott, du weißt das, was du als Spinne niemals wissen kannst, erinnerst dich nicht nur daran, was im Licht geschah, sondern weißt auch, was jetzt und hier im Dunkeln passiert. Denn in dir flüstert immer wieder eine Stimme nur dieses eine Wort, das da lautet: »Sce-li-phron«.

Du hörst und siehst *sie*. *Sie* war das Monstrum, das dich packte. Vielleicht lebt sie schon gar nicht mehr, fällt dir ein und beruhigt dich kein bisschen.

Denn du liegst hier gelähmt in der Finsternis und bist hier nicht allein. Andere sind bei dir, die sind wie du, denn sie sind von deiner Art.

Einst fertigtest du die prächtigsten Netze.

Das war, das geschah, wird niemals mehr geschehen. Denn nun liegst du hier unter all den anderen. Gleich und gleich gesellt sich gern, haha, welch Galgenhumor! -, zwischen ihnen und jenen, die anders sind, denn sie fertigen keine so prächtigen Netze und doch sind sie mit dir, mit uns verwandt.

Und dann ist da das Monsterkind, das aus einem Ei schlüpfte, ein einziges nur, Larve ist ihr Name, die isst uns alle auf.

Du weißt es. Ob es auch die anderen ahnen? Kein Segen, sondern Fluch, zu wissen, was kommen wird - und sich zu erinnern.

Du weißt all das, was deine Schwestern hier neben dir in ihren Träumen wohl niemals verstehen werden, weißt, dass die große geflügelte Mutter der noch so kleinen Larve uns alle fand und mit ihrem Stachel am Hinterleib stach, eine nach der anderen, uns mit ihrem Gift lähmte, aus Lehm ein Nest baute, uns hinein schaffte, dann das *eine* Ei neben uns legte und die Kammer verschloss.

Du weißt, was geschehen wird.

Die Larve wird uns alle essen und sich häutend dabei wachsen, bis sie sich verpuppt. Eine neue Wespe wird schlüpfen. Wir aber werden alle sterben.

Noch mehr weißt du. Doch ist es ein Trost?

Du weißt, dass all das, aus dem wir geschaffen sind, niemals vergehen wird. Unsere Proteine und Fette, zerkaut, zersetzt, zerlegt, werden in ihr weiterleben, und alles, was übrig bleibt, in andere Wesen übergehen, seien es nun Bakterien oder Pilze. So also werden wir im Kreislauf auf Erden weiterbestehen.

Doch ist das wirklich alles? Oder ist da noch mehr?

Manche Wesen denken von sich, sie besäßen Seelen. Auch *wir*?

2100 A. D.*

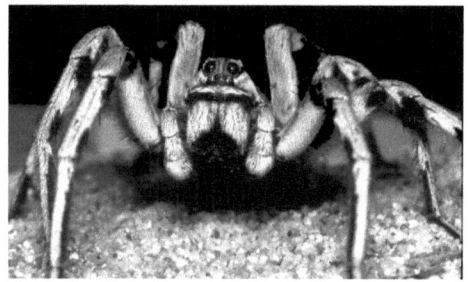

Ein Mückensummen, kein Brummen in deinen, meinen Ohren. Doch du bist fern von hier, von mir - an einem anderen Ort zu dieser Zeit, am selben Ort zu anderer Zeit oder andernorts zu anderer Zeit. Und wenn es so ist, wie es ist, dann werden wir uns niemals nahe sein.

Andernorts spricht ein Bild von der romantischen Liebe zwischen einem jungen Menschenpaar. Und eine kleine Biene fliegt vorbei in der Nacht, die anders ist als all die anderen Bienen in ihrem Stock. Denn die tun ihre Arbeit, wie es sich für Bienen gehört, sie jedoch nicht. Der Menschenname dieser einen Biene aber lautet Maja. Er Dort Oben las einst als Kind von ihr.

Andere Wesen fliegen durch diese klare Erdensommernacht, heute und hier im Westen des großen Kontinents Eurasien. Wir schreiben das Jahr 85 nach Maja*. Diese Wesen sind lebendig, und doch wurden sie von Menschen gezeugt. Allein entwickelten sie sich weiter. Das ist die zweite Evolution.

---

*: 2100 A. D. nach alter Zeitrechnung = 85 nach Maja, der neuen Prophetin, die den männlichen Propheten GOTTES Moses, Jesus und Mohammed folgte.

»Das kann doch nicht sein!«, schreie ich auf und schaue im Laternenlicht auf meine Armbanduhr.

»Light« drücke ich.

Grün leuchten Zeit und Datum auf: *SAT 06-8-12 02 15*

12. August 2006 spät in der Nacht.

So ist es.

Wenn es aber so ist, wieso dachte ich dann eben noch an das Jahr 2100?

Nickte ich etwa wieder ein beim Wein und fing gar Zukunftsträume ein?

Oder lebe ich gar im Jahr 2100 und träume nun, in der Vergangenheit zu sein?

Wer kann das schon wissen?

Ich weiß es nicht und schaue auf.

Dort oben unter der Lampe jagt eine Fledermaus dahin, wo Nachtfalter flattern. Sie ortet sie mit Ultraschall, mit Mund oder Nase und Ohren, fängt sie und isst sie mit ihren scharfen Zähnen auf.

So ist es.

Trinke ich also noch einen Schluck vom roten Wein.

Wie klein ich doch bin in dieser großen Welt, fällt mir ein. Wie wenig ich weiß. Und nicht nur ich, wir alle.

Noch immer können wir Menschen nicht fliegen.

Noch immer werden wir von Müttern geboren.

Noch immer ist da keine Schöne Neue Welt.

Noch immer schleppen wir kranke Körper mit uns fort - ruhelos, rastlos von einem zum anderen Ort.

Doch im Jahr 2100, da ...

Träume ich?

Wer spricht da wo mit mir?

»Woher weißt du, wer ich bin?«, flüstert eine Stimme in mir. Es ist weder Parsel, die Schlangensprache, noch Grillenzirpen, sondern ein Spinnenmännerzupfen und -beinereiben, das Zittern der großen Vogelspinnen, die auf dem Boden leben, also kein Laut aus Lunge, Kehle und Mund.

»Alles ist GÖTTIN, alles ist GOTT«, antwortest du, der du kein Mensch mehr bist, sondern ein Wesen, das auf den Menschen folgte und sich einen Spinnenkörper erwählte, einen Körper, der gewaltiger als jede Spinne ist, aber zugleich nicht menschengroß, denn wenig Platz brauchen Nanohirn, optimierte Atmungssysteme und Blutkreisläufe. Alles ist mehrfach gesichert da. Updates liegen überall von dir gespeichert bereit, um den Geist für einen neuen Körper zu bewahren, sollte der alte einmal verlorengehen, was in früherer Zeit die Regel gewesen sein soll.

»Alles ist GOTT, also ist GOTT in allen Wesen und Dingen aller Universen, also auch in ES und SIE und ER von T-her, der absoluten Schwärze, in dem, was ausgestoßen wurde. Die Himmel aber sind strahlend WEISS, sind STILL, sind GERUCHLOS und voller Farben und Klänge und Düfte zugleich. Und all die Universen sind Höllen mit ein wenig Himmel darin, Schwärze, in denen alles auseinanderfliegt, zerfällt, vergeht, wo Lug und Betrug triumphieren unter den Pflanzen, Tieren und all den anderen Wesen und Nichtwesen, die dort leben.

Und auch du warst einst ein Engel wie ich.

Auch du wurdest verstoßen und wiedergeboren.

Wir beide sind gefallen, wurden aus WEISS in Schwärze geworfen, warfen uns selbst durch unseren Größenwahn aus dem Paradies.

Jetzt stridulieren wir hier, wir zirpen.

Jetzt singen wir hier unsere Klagelieder, weinen unsere Tränen der Reue in die kalte Nacht.

So preisen wir JAHWE - GOTT - ALLAH - GÖTTIN.«

Arachnoiden

Arachnoiden,
das sind spinnenartige intelligente Wesen.

Träumen Spinnen von Menschen?

Weißt du es, der du sie seit Jahrzehnten wissenschaftlich untersuchst?

Du weißt es nicht.

Wer weiß es dann?

Weiß es denn wer?

Diese hier und jetzt, die keine Spinnen sind, sondern Arachnoide, also Spinnenartige einer anderen Welt, träumen auch sie?

Menschen träumen.

Hunde und Katzen träumen.

Doch träumen irdische Spinnen unserer Zeit?

Und wenn sie es tun, dann sind es sicherlich keine Menschen-, sondern Spinnenträume, denn Hunde träumen Hunde- und Katzen Katzenträume.

Das leuchtet ein, scheint klar zu sein.

Die Stadt in den Bäumen

Dort wuseln sie überall herum, wie geschäftig sie doch sind, ja, auf ihnen und in ihnen, verborgen dort oben vor Menschenblicken.

Doch es sind keine sechseckigen Waben aus Wachs, sondern kugelförmige Kammern, aus feinster Seide verwoben, in denen die werdenden Mütter ihre Kokons pflegen. Größere Räume im Innern haben sie gemeinsam geschaffen, wo sie sich zum Nahrungs- und Erfahrungsaustausch treffen. Seidenhallen gibt es da, Kinderstuben, in denen die Kleinen und Kleinsten ernährt werden: zunächst von Mund zu Mund von ihren eigenen und anderen Müttern gefüttert. Dann saugen sie gemeinsam an der von den Großen gefangenen Beute. Hier aber in dieser Halle tollen sie nun herum, wie es alle Kinder intelligentere Arten auf allen Welten tun.

Jetzt ist die Große Nacht gekommen. Draußen versammeln sich die Kleinen, um es zum ersten Mal zu erleben, zu erfahren, zu üben, wie es sich anfühlt, wie es geht, auf den gewaltigen, ganze Baum- und Buschgruppen überspannenden, in alle Ebenen ausgespannten Geweben mit Klebfäden vielerlei Art, Beute zu machen und dann zu den zappelnden Nachtfaltern hinzueilen, die von speziellen Fangbereichen wie magisch angezogen werden, jede Art an einem speziellen Ort. Denn dort wittern sie die Sexuallockstoffe ihrer Frauen. So können diese Schwärmermänner den von uns aufgetragenen Substanzen einfach nicht widerstehen – und schon kleben sie fest.

Kaum geschehen, stürzen sich die Erfahrenen unter uns blitzschnell auf sie und fesseln sie perfekt mit minimalem Seideneinsatz zu einem ovalen Bündel, das schneiden sie in Ruhe ab und bringen es zum großen Tor unserer Stadt.

Und jetzt kommt unsere Zeit.

»Kinder haut rein!«, singt die Stimme unserer Großen Mutter in uns, die immer bei uns ist. Denn wir sind *ein* Volk.

Das lassen wir uns nicht zweimal sagen, wir Mädchen, versteht sich, doch auch die paar Jungs unter uns sind mit dabei, erstaunlich, so faul und dumm, wie die sonst sind. Jetzt stürzen wir uns zu Hunderten auf unser erstes Mahl, beißen zu, kauen, geben die Verdauungssäfte ab und saugen die aufgelöste Nahrung wieder ein. Was für ein Genuss! Der könnte ewig dauern.

Und während all dies geschieht, halten einige von den erwachsenen Frauen, die speziell dazu ausgebildet wurden und auch bewaffnet sind, Wache, jetzt und hier in dieser warmen Sommernacht.

Hier und jetzt und niemals so an anderem Ort zu anderer Zeit leben wir Arachnoiden in dieser einen Stadt von so vielen in einer Gemeinschaft von Müttern und Kindern, in dem es auch einige für Paarungszwecke bestimmte kleine, unbedeutende Männer gibt.

Die Prophetin von Arachnia

Ein Ort so fern, ein Ort so nah.
Und auch die Zeit so nah und fern.

Diese Welt gehört uns. Denn unsere Große Prophetin gab sie uns im Namen der *einen* GÖTTIN für alle Zeit.
Und nun spricht die Priesterin in Trance.
Wir hören ihre Worte, wir tasten die »Bilder«, wir schmecken sie, wir fühlen und verstehen, was sie uns sagt.
Ein seltsames Wort taucht immer wieder auf. Es lautet »Menschen«.
Einige dieser Wesen sollen beim Anblick derer, die uns ähneln und von ihnen »Spinnen« genannt wurden, vor Panik aufgeschrien und geflohen sein – »Schlag sie tot!«, hören wir, »schlag sie doch endlich tot!«. Und das, obgleich diese Menschen doch viel weiter entwickelt und mächtiger waren als alle Spinnen jener Zeit auf jener Welt.
Andere Exemplare dieser Menschen sollen unsere Verwandten gar auseinandergeschnitten und seziert haben. So schlimm das ist, es spricht immerhin für eine gewisse Intelligenz und ihren Wissensdrang.
Wiederum andere aßen sie einfach auf. Nun gut, letzteres ist noch verständlich. Auch wir haben Hunger und müssen essen.
Auch sollen manche von ihnen sie als Haustiere in Terrarien eingesperrt und dort immerhin mit Wasser und Beute versorgt haben, immerhin.
Doch was diese Panik und das Gemetzel in ihren Häusern betrifft, welch Irrsinn und Wahn, welch entsetzliche Verbrechen! Und wenn das alles wirklich irgendwo so geschah, dann müssen diese Menschen ja wahre Riesen gewesen sein, natürlich nur an Körpergestalt, ansonsten offensichtlich in der Mehrzahl strohdumm und barbarisch.

»Macht euch die Welt untertan!«, waren und sind für alle Zeit die Worte der Prophetin. »GÖTTIN hat euch diese Welt gegeben. Denn *ihr* seid Spinnenwesen. Und alles, was SIE geschaffen hat, schuf SIE für *euch*, IHRE Kinder.«

So ist es.

So war es.

So wird es immer sein.

So ist es wahr.

Der Ritt auf der Arachnoide

Ich bin nicht tot. Also lebe ich.

Oder lebe ich nicht, noch nicht - nicht mehr, schwebe ich hier und jetzt zwischen Leben und Tod?

»Bardo, Zwischenwelt«, flüstert irgendwer.

Ich bin nicht tot. Ich lebe.

Starb ich etwa und wurde wiedergeboren?

Ich lebe. Das ist das Einzige, was zählt. Alles andere ist ohne Bedeutung. Hier und jetzt lebe ich.

Unter dem Licht einer kleinen dunkelroten Sonne reite ich bei Nacht auf dem Rücken eines riesigen spinnenartigen Wesens, eines von vielen, über dieses hügelige, bewaldete Land.

Ich schließe meine Augen. Bilder blitzen auf. Sind es Erinnerungen?

Wenn es denn so ist, dann lebte ich schon einmal!

Ja, einst war ich eine Mückenfrau, zuvor ein Menschenmann. Mal weiblich, mal männlich. Mal Insekt, mal Säuger. Und dann ...

Aller Hochmut kommt vor dem Fall. Fliegen im Rausch nach üppigem Mal kann tödlich sein. Eine Spinne fing mich in ihrem Netz und aß mich auf.

All dies aber geschah nicht hier, sondern auf einer anderen Welt, in der morgens und abends ein großer roter Feuerball - tagsüber strahlte er gelb, ach ja, und sein Name war nicht »Sonne«, sondern »Sonn« - auf- und untergeht, auf einer blauen von Wassermeeren bedeckten Welt, in der nachts funkelnde Sterne am schwarzen Himmel leuchten und eine Volle Mondin weiß erstrahlt - so sah ich sie mit meinen Menschenaugen, daran erinnere ich mich, doch wie mit meinen Mückensinnen? Winzige, kleine und große Spinnen lebten zu dieser Zeit auf dieser Welt mit dem Menschennamen »Erde«.

Das aber ist alles längst vergangen. Dort lebte ich und starb und wurde wiedergeboren, immer und immer wieder.

Irgendwie und irgendwann muss ich hierher gelangt sein. Hier und jetzt jedoch sitze ich auf einem Körper, nein, nicht im Sattel, solches machten andere Wesen mit wiederum anderen Wesen (Menschen mit Pferden) zu anderer Zeit. Hier bin ich fest mit ihr verwachsen, Fleisch vereint mit Fleisch, nicht für alle Ewigkeit, sondern nur für diesen *einen* Ritt. Sie ist eine *Arachnoide*, keine Spinne, doch spinnenartig, ein Wesen mit einem Außenskelett aus Chitin, mit acht Beinen und zu Armen mit Händen umgewandelten Tastern.

Jetzt erst wird mir bewusst, wie winzig klein ich doch bin, verglichen mit ihr und den Pflanzen ringsum. Bin ich jetzt etwa ein Gnom, ein Elb, ein Winzling von Däumling gar? Oder ist hier alles größer als in meinen Erinnerungen an mein altes Leben in der anderen Welt namens Erde? Wie überhaupt sehe ich hier jetzt aus?

Ich weiß es nicht.

Während diese Gedanken in mir kreisen, bewegen wir uns nicht etwa dort unten auf dem Boden fort, nein, wir gleiten hier oben unter den Kronen der Urwaldriesen im Sprung von Ast zu Ast und Baum zu Baum dahin.

Seltsam, denke ich, alles scheint mir auf einmal so unwirklich: Dieser gigantische Wald mit all seinen Bäumen, Schlinggewächsen, farnartigen Epiphyten und Millionen von winzigen, kleinen und großen krabbelnden und fliegenden Insekten, dieser Wald und auch das Spinnenwesen unter mir und ich selbst, wir alle sind vielleicht nicht mehr und nicht weniger als Traumgespinste, Hologramme, Bilder in einem Film, Buchstaben, Worte in einem Buch, die irgendwer oder irgendetwas irgendwo erdichtet hat. Und daran kann ich mich erinnern. Solche Dinge gab es tatsächlich in der irdischen Menschenwelt.

Aber ach, was fantasiere ich mir da nur zusammen. Ist doch alles ohne jede Bedeutung. Ich lebe doch! Ich denke, also bin ich! Genieße ich es.

ICH LEBE!

Ich lebe und reite auf dem Rücken einer Arachnoide dem Morgen, *meinem* Morgen entgegen.

So war es immer. So ist es. So wird es immer sein.

Aber nein, jetzt springt sie, durchquert sie fliegend eine weite Leere zwischen den Blättern und Ästen zweier Bäume, die sich auf einer Lichtung gegenüberstehen. Sie gleitet im freien Fall hinab - und ich mit ihr ...

»Nicht sie, sondern *er*«, flüstert eine Stimme in mir, »diese Spinnenartige ist keine Sie, sondern ein Typ. Er hat Haarfächer an seinen langen Beinen und streckt alle Achte von sich. So schwebt er durch die Lüfte. Und weshalb wohl und wozu? Das ist doch klar. *Er* ist auf der Suche nach *ihr*.«

Dann hat er sie jetzt also gefunden. Dort gegenüber von uns tief im Innern ihrer Wohnung muss sie sein. Denn er zuckt und tastet über die Fäden. Erst zittert sein Hinterleib, jetzt zuckt sein ganzer Körper, bebt vor Erregung und Verlangen. Er tanzt seinen Liebestanz, und die Welt ringsum erbebt.

Sie ist der Inbegriff all seiner Sehnsucht.

Sie ist die Liebe seines Lebens.

Einmal *sie* berühren, einmal sein Sperma aus seinem Begattungsfinger in *sie* ergießen und dann ... Was dann kommt, ist ohne Bedeutung.

Und jetzt kommt sie heraus aus ihrem Haus.

Sie tastet heran.

Sie hat uns erreicht.

Sie tastet mit ihrem ersten langen Beinpaar auf seinem Rücken, berührt mich, schnellt vor, während er sich duckt.

O nein, sie hat mich mit ihren kräftigen Händen gepackt, reißt mich von ihm herunter, während auch er seine Hände ausgestreckt, beide Begattungsfinger zugleich in ihre Geschlechtsöffnungen drückt, sein Sperma überträgt und die Öffnung durch ein Sekret versiegelt, das nur von Innen, nur von seinen aus den Eiern geschlüpften und in der Gebärmutter ernährten Kindern mit einer speziellen Substanz geöffnet werden kann.

Jetzt löst er sich von ihr und geht.

Jetzt zieht sie sich zurück und nimmt mich mit ... die Arachnoidin, die Hunger hat, denn ihre Eier haben längst begonnen zu reifen. Proteine braucht sie für ihre künftigen Kinder. Also packt sie mich mit ihren kräftigen Cheli... Was ist das? Nein, sie ist ja so kultiviert, also zückt sie ein Messer, wirft mich auf einen Tisch und - schneidet mir die Kehle durch.

Alles verschwimmt.

Leise höre ich noch eine Stimme in mir traurig flüstern: »Du weißt, *wer* du bist? Du weißt, *was* du bist? Du bist seine *Hochzeitsgabe*, sein *Brautgeschenk*, seine *Investition* in seine Kinder.«

So ist es, denke ich meinen letzten Gedanken in dieser Welt. Dann ist da nur noch Schwärze.

Einige Zeit später.

Die wahre Geschichte von Arachne?

Und die Arachnoide zirpt mit den Haaren auf dem Schrillkamm über die Schrillleiste ihren neu geborenen Kindern ein Lied zu. »Stridulation« heißt das. So singt sie ihre Babys in den Schlaf.

Rasch wachsen die Kleinen heran. Denn ihre Mutti nährt sie reichlich, zunächst von Mund zu Mund - mit Arachnoidenmilch, womit denn sonst!

Jetzt können sie schon alleine essen. Als erstes aber wird gebetet - zur einzig wahren GÖTTIN, die nicht nur alle Spinnenartigen erschuf, sondern auch die anderen Wesen. Dann teilen sie das frische Insektenfleisch. Gemeinsam essen sie.

Und nun sind die Kinder alt genug, um zu verstehen. Also erzählt ihnen ihre Mutti vor dem Einschlafen, wie alles begann:

»Einst lebte auf einer fernen Welt ein Wesen, das nannte sich *Mensch*, genauer gesagt, es war eine Menschenfrau.

Ach ja, ihr wisst ja gar nicht, was so ein Mensch ist. Das war ein Wesen, das glaubte, alles auf der Welt wäre für es geschaffen.

Wie es aussah?

Das arme Ding hatte durch eine Laune der Natur, vielleicht gab es ja auch einen Grund, weshalb es von Vorteil war, sein wärmendes Fell verloren, musste fast nackt durch sein Leben gehen, hatte nur ganz oben und in der Mitte ein paar Haare.«

»Wie eklig, bestimmt auch noch glitschig!«

»Da muss das Menschlein in den kalten Nächten ganz schön gefroren haben.«

»Beruhigt euch, wir wollen tolerant sein. GÖTTIN ließ mittels IHRER Evolution solche und solche Wesen auf unserer, auf jener, auf allen Welten entstehen. SIE nur allein weiß, weshalb alles so ist, wie es ist. Lasst mich also fortfahren.

Und dieses seltsame schwache Menschenwesen, welches so ungeschützt ohne einen Außenpanzer aus Chitin - innen hatte es immerhin ein paar feste Elemente, die sich »Knochen« nannten -, und das, stellt euch das einmal vor, auf nur *zwei* Beinen durch die Welt gehen, nein, wohl torkeln musste, forderte die Götter heraus.

Nein, natürlich nicht die eine GÖTTIN, kleinere Göttinnen waren dies, Wesen, die zu jener Zeit eine Ebene über diesen Menschen lebten und sich manchmal in Menschengestalt unter sie mischten.

Und welch Wunder, diese eine Menschenfrau war mit ihrer Webkunst einer dieser Göttinnen mit Namen »Athene« ebenbürtig, obwohl sie keine Spinndrüsen, sondern nur ein Gerät namens »Webstuhl« und die Finger ihrer beiden Hände zur Verfügung hatte.

Hände?

Ja, die sahen so ähnlich wie unsere Hände aus, doch waren sie die Endteile ihrer beiden Arme - das waren umgewandelte Vorderbeine. Einst, bevor sie Menschen waren, liefen sie immerhin auf allen Vieren.

Doch lasst mich fortfahren: Und so wurde sie zur Belohnung für ihr meisterliches Werk von der jungfräulichen, dem Kopf des seltsamerweise männlichen Obergottes Zeus entsprungenen Göttin der Schlacht, der Weisheit und der Künste, in eine Spinne verwandelt.

Und der Name dieser ersten Spinne lautet für alle Zeiten *Arachne.*

Sie war die erste.

Sie ist es, von der alle Spinnenartigen auf allen Welten, Mütter und Frauen und Kinder und auch die Männer, abstammen.

Und nach *ihr* wurde unsere Welt *Arachnia* genannt.

Ja, meine Tochter?

Nein, sie haben nicht überlebt. Es gibt keine Menschen mehr, weder dort noch irgendwo sonst. Wir fanden nur Ruinen ihrer Städte. Wie hätten sie es auch schaffen können, mit solch schwachen Körpern. Aber so ist es nun einmal. Das ist Selektion, das ist Evolution. Vielleicht wird es auch uns in fernen Zeiten nicht mehr geben, weil andere nach uns kommen werden, die stärker sind als wir, die aus uns geboren wurden oder von anderen abstammen, wer weiß.

Ach, weine doch nicht, mein Kind.

Wir werden es nicht mehr erleben.

Und es ist, wie es ist.

Jetzt ist jetzt.

Nur der Augenblick zählt.

Und das heißt: Schlaft schön und träumt von wunderbaren Dingen!«

Der Tag beginnt - den nannten diese seltsamen Wesen mit Namen Menschen übrigens »Nacht«.

»Kommt Kinder, lasst uns unsere Wohnung verlassen. Das Leben ruft. Lauscht den Gesängen der Welt, hört sie vibrieren, riecht und ertastet, was um euch ist, und lernt!«

Und so ging die Zeit dahin. Die Kinder wuchsen, wurden größer und lernten immer mehr über sich und ihre Welt ringsum.

So war es, alles ging so schnell, war schon vorüber, ehe man sich versah, wie es auch einst einmal in der Menschenwelt geschah.

Und dann kam der Tag, als die Älteste aufgeregt von der Schule nach Hause kam und ihre Gedanken nicht mehr bremsen konnte:

»Mutti, du hast uns doch einmal von *Arachne* erzählt, damals, als wir noch klein waren. Da hast du uns aber ganz schön belogen. Ich glaub das alles nicht mehr. Unsere Biolehrerin hat gesagt, das es gar nicht sein kann, dass Außengepanzerte, Gegliederte wie wir, von Wesen mit weichen Fleischhüllen und Knochen im Innern abstammen. Und wie sollten denn aus zwei Beinen und zwei Armen unsere acht Beine und Arme entstanden sein. Und dann waren sie ja auch noch nackt. Biologisch sei das alles unmöglich. Die Sache mit Arachne ist doch sicher nur so ein Märchen, oder?«

»Natürlich, meine Tochter, jetzt bist du ja schon älter, wie klug du doch geworden bist. Aber diese Sage lehrt uns doch, wie göttlich und unübertroffen im Universum unsere Webkunst ist.«

Unten und oben und überall

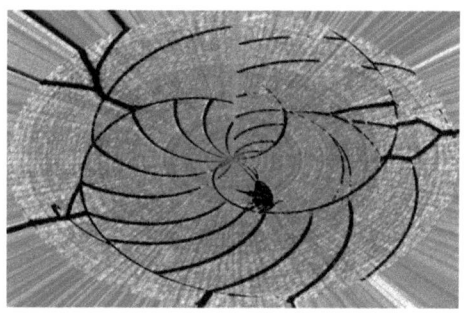

Da lacht doch wer

Mit Vergnügen taucht der große Erfolgsautor mit Namen König als Nebenfigur, sogar als Depp, in der Verfilmung seiner Romane auf. Er ist nicht der einzige, der so etwas tut. Andere waren vor ihm, andere eifern ihm nach. Gerne wandelte einst ein kleiner Rainar im grünen Mantel durch eine der vielen Welten, in denen Manfred der Magier lebt. Dort unten nennen Manfred und die anderen Wesen ihn übrigens »Er Dort Oben«.

Und jetzt sehe ich, der ich dieser Rainar bin - mein Name steht ja vorne in der Titelei und auf dem Cover, der ich kein Genie bin und kein weltbekannter Autor, kein Magier, sondern nur ein Mensch wie du, der du dieses Buch, diese Worte in welcher Form auch immer in deinen Händen hältst - wie auch immer deine Hände aussehen mögen, falls du denn noch welche hast -, jetzt sehe ich da oben in der Ecke eine kleine Spinne mit langen dünnen Beinen.

Dort sitzt sie, hängt sie, sollte man besser sagen, mit dem Rücken zum Boden am eigenen Fadenwerk.

Nein, nein, ein Radnetz spinnt sie nicht, niemals - das tut keine von ihrer Art.

Dort also lebt sie, dort oben, denke ich. Warme Luft steigt jetzt gerade von meinem Körper auf. Ja, dort oben ist es hier draußen in der Kälte am wärmsten.

Hier unten aber sitze ich auf dem Außenklo im Treppenhaus, schaue noch immer zu ihr auf und verstehe, weiß es, bin überwältigt, kichere lautlos vor mich hin und höre einfach nicht mehr auf zu lachen.

Denn das ist sicher, denke ich, ER / SIE / ES, das alles, also auch unser Universum, unsere kleine Menschenwelt und mich in sich erträumt - GOTT ist jetzt in diesem Augenblick so konzentriert wie nie zuvor in ihr dort oben, der Zitterspinne, und lauscht mit ihren Haaren an den Beinen, nimmt mit Spinnensinnen mein lautloses Lachen wahr.

Und könnten Spinnen lächeln, so würde sie dort oben es jetzt tun.

Vielleicht aber lachen und weinen, schreien und brüllen, vielleicht lächeln auch Spinnen, und wir Menschen hören es nur nicht - *noch* nicht.

Und wenn nicht hier und heute, dann tun es vielleicht andernorts zu anderer Zeit Arachnoiden auf Arachnia.

Spinne

Eine Spinne
grün und klein
krabbelt dir
ins Ohr hinein.
Und wieder raus - aus!

Wer bin ich eigentlich?

Bin ich eine Mücke
gefangen im Netz der Spinne
und träume seltsame Menschenträume?

Bin ich eine Spinne
die von Mücken und Menschen träumt?

Bin ich ein Mensch
der nicht mehr weiß
ob er noch Mensch
oder schon Mücke, Spinne
oder alles zugleich ist?

Tierakteure

Real in unserer Welt existierende Vertreter folgender Spinnenfamilien tauchen in diesem Buch entweder im Text oder auf Fotos auf: Finsterspinnen (Wasserspinne *Argyroneta aquatica, Amaurobius ferox*), Kammspinnen (*Cupiennius salei*), Krabbenspinnen (Grüne Krabbenspinne *Diaea dorsata,* Veränderliche Krabbenspinne *Misumena vatia*), Kreuzspinnen (*Araneus angulatus, Araneus diadematus, Larinoides cornutus*), Kugelspinnen (Fettspinne *Steatoda bipunctata*), Laufspinnen (*Tibellus*), Raubspinnen (Brautgeschenkspinne *Pisaura mirabilis,* Gerandete Jagdspinne *Dolomedes fimbriatus, Pisaurina, Thaumasia argenteonotata*), Riesenkrabbenspinnen (Huntsman Spiders), Spinnenfresser (*Ero furcata*), Springspinnen (Zebraspringspinne *Salticus scenicus, Phidippus*), Trichternetzspinnen (*Agelena labyrinthica*), Tapezierspinne (*Atypus piceus*), Vogelspinnen (*Avicularia huriana, Brachypelma vagans, Lasiodora parahybana, Psalmopoeus cambridgei, Theraphosa blondi)*, Wolfsspinnen (Apulische Tarantel *Lycosa tarentula, Pardosa*), Zitterspinnen (*Pholcus phalangioides*) und Zwergspinnen.

Zudem begegnen wir folgenden Insekten: Ameisen, Gottesanbeterin (*Mantis religiosa*), Grillen (Feldgrillen, Heimchen *Acheta domesticus*), Hautflügler (Grab- oder Lehmwespe *Sceliphron*), Honigbiene (*Apis mellifera*), Käfer (Elateride = Schnellkäfer), Mücken und Fliegen (Kohlschnake *Tipula*, Stechmücke *Culex pipiens,* Fruchtfliegen der Gattung *Drosophila*, Gold-, Schmeiß- und Schwebfliegen), Schaben, Termiten.

Ferner treten neben Säugetieren (Fledermäuse, Meerschweinchen, Mensch, Fischotter, Reh) und Vögeln (Ziegenmelker) auch Reptilien (Alligatoren, Rotwangenschmuckschildkröten, Sumpfschildkröten) sowie andere gegenwärtig lebende Tiere auf.

Hinzu kommen einige Geschöpfe, die Sagengestalten (*Arachne*) oder die *noch* Fantasiegeschöpfe sind: Intelligente spinnenartige Wesen (Arachnoiden), Menschen in Spinnenkörpern (die neue Prophetin *Maja*), Riesenspinnen, Spinnengöttinnen (und –götter), Tentakel- (*Pisaurella*) und Zombiespinnen.

Bücher von Rainar Nitzsche

Sachbücher Spinnen

Spinnen. Biologie - Mensch und Spinne - Angst und Giftigkeit.
Schwerpunkte sind die Angst vor Spinnen und ihre Gefährlichkeit für den Menschen, Sexualverhalten, Tarnung und Feinde, Beutespezialisten wie Ameisen- und Spinnenfresser sowie soziale Spinnen. Ergänzend werden die Rolle von Spinnen in der Bionik sowie das DNA-Barcoding zur Artidentifizierung dargestellt. Ein umfangreiches Verzeichnis von Fachbegriffen rundet das Buch ab. 404 Seiten, 67 Abbildungen (SW), 378 Fachbegriffe, ISBN 9783837036695. Auch als E-Book erhältlich.

Spinnen-Sex und mehr
Verzehren alle weiblichen Spinnen ihre Männer? Ist es gar für *ihn* von Vorteil, von *ihr* verspeist zu werden? Die Balz: tanzende Männchen am Tag, Trommler in der Nacht, Brautgeschenke, »Liebesfesseln« aus Seide und »Vergewaltigungen«. Unsere Angst und ihre Biologie: Mütter und Kinder, soziale Arten, Spinnenrekorde, die Spinne des Jahres. Bionik. Heimische und für uns giftige Arten. 216 Seiten, 161 Farbfotos auf 37 Tafeln. 33 SW-Fotos, 13 Tabellen, 22 Grafiken. Fachwortverzeichnis mit 269 Begriffen, ISBN 9783930304196.

Spinnen-Spiegelungen in Menschen-Augen
Spinnen in der fantastischen Literatur und im Horrorfilm, Giftspinnen und Spinnenangst, Kinder und Spinnen, Spinne des Jahres, Spinnenrekorde, Spinnengötter u. v. a. m. 2. überarbeitete Auflage. 340 Seiten, 187 Abbildungen, 6 Tabellen, ISBN 9783930304653.

Spinnenbücher für die Jugend

Eklig, giftig oder zum Kuscheln? Wie Spinnen wirklich sind. Infos über giftige Arten, Rekorde, soziale Spinnen, Spinne des Jahres, Rote Listen, Brautgeschenke. Mit ausführlichem Spinnen-ABC mit zahlreichen Fachbegriffen.

Spinnen lieben lernen
Ab 10 Jahre. 92 Seiten, 86 Farbfotos, 1 farbige und 1 SW Grafik, ISBN 9783930304837. Auch als E-Book erhältlich.

Spinnen kennen lernen.
Ab 12/13 Jahre. 136 Seiten, 142 Farbfotos, 1 Grafik, ISBN 9783930304929. Auch als E-Book erhältlich.

Fachbücher über die Brautgeschenkspinne

Beutefang und »Brautgeschenk« bei der Raubspinne Pisaura mirabilis (CL.) (Araneae: Pisauridae).

Reprint der Diplomarbeit von 1981, zusätzlich mit Farbfotos auf dem Innen- und Außencover, 236 Seiten, 60 Abbildungen, 86 Tabellen, ISBN 9783930304738

»Brautgeschenk« und Reproduktion bei Pisaura mirabilis, einschließlich vergleichender Untersuchungen an Dolomedes fimbriatus und Thaumasia uncata (Araneida: Pisauridae).

Reprint der Dissertation von 1987, zusätzlich mit Farbfotos auf dem Innen- und Außencover, 345 Seiten, 145 Abbildungen, 145 Tabellen, ISBN 9783930304745

Die Spinne mit dem Brautgeschenk Pisaura mirabilis (CLERCK, 1757) und das Paarungsverhalten verwandter Arten der Familie Pisauridae.

Die weltweit einzige Monografie über die Brautgeschenkspinne (Raubspinne, Listspinne), allgemein verständlich, basierend auf den Forschungsresultaten der Arachnologen seit 1678. 2. überarbeitete und aktualisierte Auflage des Titels *Das Brautgeschenk der Spinne*, 292 Seiten, 20 Tabellen, mehr als 300 Abbildungen, ISBN 9783930304622

Spinnenfotos künstlerisch verfremdet

Spinnenkunstwelten

Brautgeschenk-, Gartenkreuz-, Haus-, Krabben-, Springspinne, Tarantel und Vogelspinne. 38 fantastisch verfremdete Spinnenfarbfotos. 36 Seiten, ISBN 9783930304714.

Spinnenkunstwelten 2

Fotos von Vogelspinnen und heimischen Arten: real sowie fantastisch verfremdet. Baldachin-, Dornfinger-, Flachstrecker-, Krabben-, Raub-, Sack-, Spring-, Trichternetz-, Wolf- sowie Vogelspinnen. 52 Seiten, 86 Farbfotos, ISBN 9783930304868.

Spinnen fantastisch verfremdet

Fotos von Spinnen, wie sie wirklich aussehen sowie fantastische Versionen: irdische Aliens, einfach wunderschön. 133 Fotos, 64 Seiten, ISBN 9783930304905. Es gibt auch eine englischsprachige Version dieses Titels: *Fantastic Spider Worlds*. ISBN 9783930304912.